驚蟄落月 ◎著
04
混沌老塔

CONTENTS

目錄

第一章

再次覺醒血脈

走進宅院後，楚凌天先是將《風魂陣》解除，將陣盤收入儲物玉佩，然後取出《天風玄魂陣》陣盤，將靈力注入其中，陣盤上的小旗瞬間射向宅院的四個角落，凝聚出一道無形屏障。

作為五品陣法，《天風玄魂陣》的陣法範圍要比《風魂陣》大得多，可以將整個宅院籠罩在內。

感受到陣法的威力後，楚凌天滿意地點了點頭，有《天風玄魂陣》在，就算是修為高達靈皇二重天的宮主，也無法窺探他。

楚凌天邁步走進主屋，然後意念一動，進入寶塔第一層空間，他先把從珍寶閣買來的藥材種子，全部種在田地裡，然後盤腿坐在蒲團上，開始調整狀態。

片刻後，楚凌天將狀態調整至巔峰，他右手一招，從眾多寶物中，取來一顆血靈寶丹，然後仰起脖子，一口將其吞下。

血靈寶丹入口即化，化作一股磅礴的能量，順著經脈，流入四肢百骸。

楚凌天清楚地感應到，在血靈寶丹的藥效下，體內沉寂已久的血脈之力，開始躁動起來，隱隱有再次覺醒血脈的趨勢。

一息、兩息、三息……一炷香……

轉眼，一刻鐘的時間過去，就在他滿懷期待之時，血靈寶丹的藥效開始削弱，躁動的血脈之力再次沉寂起來。

「怎麼回事？血靈寶丹竟然沒能讓我再次覺醒血脈！」

楚凌天睜開雙眼，眉頭緊皺，擰成了一個川字。

血靈寶丹可是珍貴的五品高階丹藥，覺醒一品、二品血脈的修士服用它，可以讓血脈直接晉升一個品階，覺醒三品、四品血脈的修士服用它，則有三成希望，讓血脈晉升一個品階。

而楚凌天服用後，竟然只是讓沉寂的血脈之力，躁動了一會兒，便失去效果。

楚凌天猜測道：「難道是因為，我第一次覺醒的血脈是五品血脈靈炎血脈，所以血靈寶丹的藥效，不足以讓我第二次覺醒血脈？」

片刻後，楚凌天深呼吸一口氣，再次調整狀態，然後拿來第二顆血靈寶丹，一口吞下。

既然一顆血靈寶丹的藥效，不足以讓他再次覺醒血脈，那就服用兩顆！兩顆若是還不行，那就服用三顆！

隨著血靈寶丹的藥效發作，楚凌天再次感應到血脈之力的躁動，並且，這一次的躁動比第一次更加劇烈，但一刻鐘後，血靈寶丹的藥效削弱，躁動的血脈之力再次回歸沉寂，楚凌天依舊沒能覺醒血脈。

楚凌天沒有絲毫猶豫，直接仰起脖子，將第三顆血靈寶丹吞下，連續吞服了三顆血靈寶丹，楚凌天感覺自己的經脈都快要撐爆了。

他連忙運轉功法，消耗藥力，作為五品高階丹藥，血靈寶丹的藥力極為磅礡，幸虧楚凌天已將《龍炎訣》上冊，修煉到了大成之境，肉身強悍，經脈韌性十足，若換成其他的大靈師四重天後期修士，早就被磅礡的藥力給撐爆了。

隨著第三顆血靈寶丹的藥效開始發作，楚凌天體內的血脈之力再次躁動起來，比前兩次更加劇烈。

終於，一炷香的時間後，楚凌天的體內湧出一縷藍色的血脈之力。

「我終於再次擁有血脈了！」

楚凌天驀然睜開雙眸，興奮地攤開右手，他全力催動血脈之力，一簇藍色的小火苗，瞬間出現在掌心，這便是楚凌天第二次覺醒的血脈。

「這是，藍焰血脈？」

楚凌天看著掌心的藍色小火苗，臉色一變，他變臉的原因，是因為第二次覺醒的血脈，品階遠遠超出他的預料，但並不是因為血脈的品階太高了，驚喜的變臉，而是因為血脈的品階太低了！

藍焰血脈乃是一品血脈，而且還是一品血脈當中最普通的血脈，覺醒火屬性一品血脈的修士當中，超過七成的修士，覺醒的都是藍焰血脈。

楚凌天深呼吸一口氣，情緒逐漸穩定下來。

雖然藍焰血脈的品階很低，普通修士若覺醒的血脈是它，此生恐怕連大靈師境都達不到，但對於擁有混沌寶塔的楚凌天來說，這點並不是問題，只要他擁有血脈，就可以突破到靈王境以上。

況且，世間除了血靈寶丹之外，還有其他天材地寶，甚至六品以上的高階丹藥，可以提升血脈的品階。

等楚凌天成為強者後，可以慢慢將血脈提升上去。

想到這兒，楚凌天的心境徹底恢復平靜，他閉上雙眸，雙手結出修煉手印，運轉《龍炎訣》上冊，開始修煉。

有了藍焰血脈後，楚凌天的修煉速度比之前提升了一倍以上，雖然依舊很慢，但對於他來說，已是極大的提升。

楚凌天不知道的是，在他覺醒藍焰血脈之時，正在混沌寶塔第八層空間內閉死關的混沌女帝，突然睜開雙眼。

「是本帝的錯覺嗎？怎麼感覺混沌寶塔發生了一絲細微的變化，好像與楚凌天有關。」

一轉眼，三個多月的時間過去。

楚凌天的修為雖然沒有突破，但已經達到大靈師四重天後期巔峰，距離大靈師五重天只有半步之遙，再給他三個月，他必定可以突破。

就在楚凌天修煉之時，他突然睜開雙眼，感應到《天風玄魂陣》的異動，有人進入了他的宅院。

楚凌天意念一動，瞬間離開寶塔第一層空間，回到主屋。

片刻後，一道銀鈴般的聲音，從院內傳來，來人正是上官嫣然。

「凌天。」

此時，外界才過去一天，上官嫣然來楚凌天的宅院，是替他叔叔甯王，來送購買破皇丹的錢。

楚淩天推門而出，來到院內，上官嫣然拿出一沓金票，遞給楚淩天，足足有一百萬兩金票！

銀票可以兌換銀子，金票則可以兌換金子，赤炎帝國的金銀兌換率是一比一百，那就是說一百萬兩金票等於一億兩銀票。

毫不誇張地說，光是這一百萬兩金票，就足以讓楚淩天成為赤炎帝國的一流富豪，這筆錢足夠他用到靈王五重天以上了。

將金票交給楚淩天後，上官嫣然還告訴了楚淩天一個消息。

學宮大比的時間定在了兩個月後，屆時，三大學宮的真傳弟子將前往皇宮在皇帝的見證下，進行比試。

上官嫣然囑咐道：「淩天，這兩個月一定要努力提升實力，爭取在學宮大比中，進入前三名！」

楚淩天聞言，眼中露出疑惑之色。

上官嫣然解釋道：「學宮大比是由皇室支援的重要比賽，目的是為帝國培養天才，這場比賽的前八名，不僅會獲得各自學宮的重獎，還會獲得皇室的重獎，其中，前三名更是可以獲得進入赤炎池修煉的機會！」

楚淩天眼睛一亮，道：「就是那個被譽為帝國三大機緣之一的赤炎池？」

據傳，赤炎池乃是天然孕育而出的修煉聖地，池內蘊含著極為磅礡的能量，不僅能讓修士突破修為，還可以為其洗筋伐髓，提升肉身境界。

上官嫣然點頭道：「沒錯！」

楚淩天點了點頭，信心滿滿地說道：「放心吧，我一定會進入學宮大比的前三名！」

外界兩個月的時間，在寶塔第一層空間內則是十六年多，這麼久的時間，足以讓他的實力提升一大截。

上官嫣然走後，楚淩天離開宅院，去任務閣隨意接了兩個內門任務，然後用了兩個時辰的時間，將這個月的任務指標完成。

交完任務後，楚淩天返回宅院，發現院門口站著一名身穿錦衣、氣質不凡的青年。

青年似乎特意在等他，看到他後，邁步而來，自我介紹道：「我叫劉子峰，是流雲郡三大家族之一，劉家的嫡系子弟，同時也是學宮的真傳弟子，受人所托，有事來找楚公子。」

等。

劉子峰實力不弱，有著大靈師七重天中期的修為，在真傳弟子當中排名中等。

楚淩天點了點頭，打開院門，帶著劉子峰來到庭院坐下。

楚淩天淡淡道：「說吧。」

楚淩天冷淡的態度，讓劉子峰眉頭一皺，作為星辰學宮的真傳弟子、劉家的嫡系子弟，他走到哪兒，都會受到別人的重視，但楚淩天的態度，讓他心中十分不爽。

劉子峰將心中的不爽壓下，臉上浮現出一抹笑意，說道：「恭喜楚公子，破格晉升楚家主家嫡系子弟，未來將得到楚家的全力培養，前途一片光明！」

楚淩天眉毛微微一挑，道：「楚家主家嫡系子弟？我怎麼不知道自己有這樣一個身分。」

劉子峰笑著說道：「因為這是楚家主家剛剛宣佈的，楚家大長老楚鴻飛，讓我告訴楚公子，你在風雲城楚家分支所做的一切，主家一概不予追究，並且還為你嚴厲懲處了楚山，將其雙腿打斷。」

如今的楚家，影響力遠超從前，雖然劉家是流雲郡三大家族之一，但早已臣服於楚家，所以，楚鴻飛才會讓劉子峰來傳話，替楚家招攬楚凌天。

劉子峰接著說道：「除此之外，主家將破格晉升你為主家嫡系子弟，並且地位僅次於少家主楚雲霄，楚家將全力培養你，並動用家族之力，尋找再次覺醒血脈的方法，助你突破靈王境。」

在劉子峰看來，如此豐厚的條件，楚凌天肯定會為之心動，畢竟，如今的楚家風頭正盛，影響力比普通的帝都豪族還強。

楚凌天已經拜了周宏為師，若他再得到楚家的全力培養，未來必定能縱橫赤炎帝國，但讓劉子峰沒有想到的是，楚凌天聽完他所說的條件後，非但沒有露出激動之色，反而嘴角勾起一抹冷笑。

這是因為，楚凌天已經猜到了楚家這樣做的目的。

必定是楚鴻飛回到楚家主家後，將上官嫣然帶著甯王來救他一事，彙報給了主家，主家覺得他有望成為駙馬，所以才會開出如此優厚的條件招攬他。

但是，奪走他體內靈炎血脈，害他淪為廢人的，同樣是主家！

楚山不過是執行者罷了，真正的幕後凶手和獲益者，就是楚嘯鷹、楚雲霄父子！

若他沒有被混沌寶塔認主，若他沒有加入星辰學宮，若他沒有拜周宏為師，若他沒有得到上官嫣然的青睞，楚家主家怎麼可能開出這樣的條件。

楚凌天望向劉子峰，淡淡開口道：「這些條件對我來說，都沒有吸引力，只要楚家能答應我一個條件，我立刻回歸家族。」

劉子峰問道：「什麼條件？」

楚凌天的聲音冰寒徹骨，一字一句地說道：「誅殺抽離我血脈的罪人！」

劉子峰眉頭緊緊皺起，有些為難地說道：「楚山畢竟是風雲城楚家分支的家主，他的大兒子還是明月學宮的內門弟子，未來有一定希望突破靈王境，成為楚家的中堅力量，若只是廢掉他，或許還有可能，但想要誅殺他，很難……」

他的話還沒說完，便被楚凌天打斷了：「我說的不只是楚山，還有楚嘯鷹和楚雲霄！」

劉子峰聞言，臉色瞬間一變，冷聲道：「你他媽耍我！」

楚家怎麼可能為了楚凌天，誅殺自家的家主和少家主，所以說，楚凌天從一開始就沒想要回歸楚家。

楚凌天淡淡道：「我可沒有耍你，只要楚家誅殺了楚山、楚嘯鷹、楚雲霄，我立刻回歸家族！」

劉子峰冷哼道：「本以為你是聰明人，卻沒想到竟然是個白痴，你以為有周家護著，你就能高枕無憂了？可笑！楚家想要弄死你，易如反掌！」

楚凌天輕蔑一笑，道：「那就看看，到底是楚家弄死我，還是我弄死楚家。」

劉子峰嘲弄地瞥了一眼楚凌天，轉身離去，既然楚凌天不肯回歸楚家，那就等著楚家的報復吧！

看著劉子峰離去的背影，楚凌天眼中盡是輕蔑，放眼整個星辰學宮，目前只有排名前幾的真傳弟子，能對他造成一定的威脅外，其他弟子皆不是他的對手。

至於排名前幾的真傳弟子，用不了多久，他就能將他們超越，成為星辰學宮首席大弟子！

楚凌天轉身返回主屋，然後意念一動，進入寶塔第一層空間，全身心地投入到修煉當中。

一轉眼，八年多的時間過去。

楚凌天的修為從大靈師四重天後期，提升至大靈師七重天初期，《龍炎訣》

上冊和肉身境界，都有了精進。

按照楚凌天的預計，最多再有五年，他就能將《龍炎訣》上冊修煉至圓滿之境！

到那時，他的肉身境界將達到鍛體境後期巔峰，單憑肉身之力，就可以碾壓普通的大靈師九重天修士！

楚凌天自語道：「外界已經過去了一個月，該去完成這個月的任務指標了。」

楚凌天意念一動，離開寶塔第一層空間，回到外界。

走出宅院後，楚凌天徑直前往任務閣，隨意接了兩個內門任務，然後花了一個半時辰，將它們完成。

楚凌天回到學宮，路過山腳區域時，看到遠處有幾名鼻青臉腫的外門弟子，眉頭陡然一皺。

這幾人都是凌天閣的成員，楚凌天雖然不知道他們叫什麼，但對他們都有印象。

楚凌天身形一閃，瞬間來到幾人面前，沉聲詢問。

「你們身上的傷怎麼來的？難道又有勢力針對我凌天閣了？」

「閣主！」

其中一人認出了楚凌天，連忙抱拳行禮，其他人連忙跟著行禮。

楚凌天隨手揮出一道柔和的靈力，將幾人扶起，問道：「到底發生了什麼？」

為首的那名凌天閣成員，彙報道：「回閣主，是天雄幫做得。」

楚凌天眉頭微微皺起，道：「有著學宮第一小勢力之名的天雄幫？」

天雄幫號稱星辰學宮第一小勢力，是由當今的星辰學宮首席大弟子張晉滔組建。

天雄幫除了張晉滔外，還有兩名副幫主，皆是真傳弟子，其中一人，便是劉子峰。

那名凌天閣成員無奈道：「近一個月來，天雄幫的人處處找碴，雖然李延鶴長老和孫長老，多次維護，但天雄幫也只是稍微收斂了一些而已。」

凌天閣雖然發展迅猛，但與天雄幫相比，還是有著一定的差距。

楚凌天道：「我知道了，這件事我會解決的。」

楚淩天已經猜到，這件事背後的主使是劉子峰，為的就是打壓、報復他，只是不知道，除了劉子峰之外，首席大弟子張晉滔有沒有參與。

楚淩天返回山腰區域，先去任務閣交完任務，然後找到周川，將這件事告訴周川。

「此事我早已知曉，但不想影響你修煉，所以就沒有告訴你。」周川道：「我找過張晉滔，希望他約束天雄幫，不要再找淩天閣的麻煩，但張晉滔沒有同意，說是拿人錢財、替人消災，做事得有誠信，並且他說，你作為天眷之人，修煉速度驚人，你們倆之間本就有著一戰。」

楚淩天聞言，點了點頭，張晉滔的這番話，讓楚淩天對他的第一印象並不壞。

張晉滔是當今的星辰學宮首席大弟子，他若想成為新的首席大弟子，就必須擊敗張晉滔，所以，他們倆之間的戰鬥，是躲不開的。

周川接著說道：「張晉滔為人雖然狂傲，但性子很直，品行不壞，他除了是首席大弟子外，還是三長老的入門弟子，天賦極強，修為達到了大靈師九重天初期，你若是不想與他一戰，直接拒絕就行。」

楚凌天搖了搖頭，道：「正如他說的，我與他之間必有一戰，時間就定在學宮大比的前一天吧！」

周川點頭道：「好！」

雖然楚凌天與張晉滔的修為，還有著一定的差距，但他既然有信心擊敗張晉滔，周川絕對相信他。

從周川的住處離開後，楚凌天返回自己的宅院，意念一動，進入寶塔第一層空間，開始修煉。

時間飛逝，一晃，八年過去。

「給我破！」

正在修煉的楚凌天，驀然睜開雙眸，發出一聲暴喝，他丹田內的靈力，彙聚成一道洶湧澎拜的靈力河流，狠狠朝著境界壁壘撞去。

咔嚓！一道細微的破碎聲響起，境界壁壘被衝破，楚凌天身上的氣勢瞬間暴漲了一大截，直沖雲霄，他的修為成功突破至大靈師九重天初期！

這八年，種植在田地裡的藥材陸續成熟，楚凌天的煉丹水準突飛猛進，成功從三品低階煉丹師，提升至三品高階煉丹師。

如今的他，已經可以煉製出中品御元丹。

按照以往的修煉速度，八年的時間，楚凌天的煉丹水準最多提升到三品中階煉丹師巔峰，但現在，他不僅達到了三品高階煉丹師，並且還在三品高階煉丹師中走出一段距離。

這完全是因為蒼炎藥皇留下的煉丹經驗手札，以及《蒼龍控火法》。

蒼炎藥皇作為五品高階煉丹師，他留下的煉丹經驗手札何其珍貴，讓楚凌天少走了許多彎路，而《蒼龍控火法》，則大大提高了楚凌天的煉丹成功率。

在二者的輔助下，楚凌天的煉丹水準才會進步如此迅猛。

有了烈焰煉體丹和御元丹的輔助，楚凌天修煉速度加快許多，不僅將修為提升至大靈師九重天初期，《龍炎訣》上冊終於達到了圓滿之境，肉身境界提升至鍛體境後期巔峰。

如今的他，單憑肉身之力就能碾壓普通的大靈師九重天修士，若是氣、體合一，就算是大靈師九重天後期的修士，都不是他的對手。

除了修為和肉身境界的提升外，楚凌天將《血炎劍訣》和《星火步》，皆修煉至圓滿之境。

秘法《蒼炎燃血術》，他也修煉至小成之境，一旦施展，修為將強行拔升一個大境界，打破境界壁壘，達到靈王一重天初期！

當然，這樣做需要付出極大的代價，不到萬不得已，不能施展。

「我已經做好了萬全的準備，這屆學宮大比的第一名，必定屬於我！」

楚淩天握了握拳頭，信心十足。

「在參加學宮大比之前，先要解決一點小麻煩。」

楚淩天意念一動，離開寶塔第一層空間，回到外界。

他離開宅院，前往演武堂，今日，是學宮大比的前一日，也是楚淩天與首席大弟子張晉滔約戰之日。

此時，演武堂內圍滿了人，都是趕來觀戰的。

人群中不僅有內門弟子、內門長老，還有不少真傳弟子，甚至十大長老也來了數位。

演武臺上，站著一名身高兩米，身形魁梧，猶如鐵塔一般的男子，此人便是張晉滔。他雙手環抱，靜靜站在演武臺上，雖然一言不發，但渾身卻散發著駭人的煞氣。

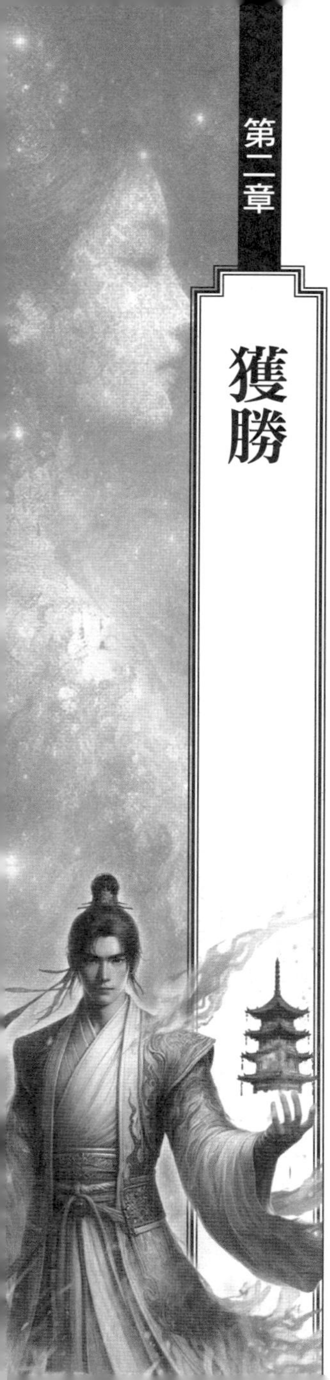

第二章 獲勝

張晉滔的修為已經達到大靈師九重天初期，距離大靈師九重天中期只有一線之隔。

劉子峰陰陽怪氣地說道：「幫主都已經等了半個時辰了，楚凌天還沒有現身，依我看他絕對是害怕了，不敢應戰。」

他的話，立刻引起了一眾內門弟子的議論。

「劉師兄說的對，大師兄乃是我星辰學宮首席大弟子，楚凌天不過是一個內門弟子而已，怎麼可能會是張師兄的對手。」

「楚凌天今日必定不會現身。」

「一個沒有血脈的天眷之人，就算再受到上天眷顧，也不可能追上大師兄。」

周川眉頭一皺，就在他準備開口訓斥劉子峰時，一道破空聲陡然響起，楚凌天腳踩《星火步》，宛如鬼魅一般，瞬間來到劉子峰面前。

啪！一記響亮的耳光聲傳出，劉子峰慘叫一聲，直接被打翻在地，定眼望去，他的左臉出現一個血紅的五指印。

「這一巴掌，給你一個教訓，若再敢亂嚼舌根，就不是扇耳光這麼簡單了。」楚淩天居高臨下望著劉子峰，冷漠地開口。

「你！」

劉子峰氣急，想要還手，但他眼瞳猛地一縮，感受到楚淩天身上散發出的強大氣息，他心中立刻做出判斷，楚淩天實力遠在他之上，他若是出手，下場必定十分淒慘。

劉子峰將嘴邊的話，生生咽了回去，捂著臉起身，遠離楚淩天。

四周圍觀的內門弟子見此，全都瞪大了雙眼。

劉子峰可是真傳弟子啊，有著大靈師七重天中期的修為，但他被楚淩天當眾扇了一耳光，卻連狠話都不敢放，這足以說明很多問題了。

之前認為楚淩天必輸無疑的人，此時都改變了態度，覺得楚淩天或許與張晉滔有一戰之力。

當然，他們只是認為楚淩天能在張晉滔手中走幾個回合，最終獲勝的，一定是張晉滔。

楚淩天嘲弄地瞥了一眼劉子峰，一步躍上演武臺，與張晉滔相對而立。

張晉滔開口道：「事先說明一點，你我之間並沒有仇怨，我之所以讓天雄幫針對凌天閣，逼你與我一戰，是因為有人開出讓我難以拒絕的條件。」

楚凌天點了點頭，出高價的人，用腳趾頭想也知道是楚家。

「對決開始前，按照雇主的要求，你我需要立個賭約。」張晉滔道：「這場對決若是我贏，你必須回歸楚家。」

楚凌天眉毛一挑，玩味地問道：「你若是輸了呢？」

張晉滔沉聲道：「我若是輸了，退出天雄幫，加入你組建的凌天閣，算是給你賠罪。」

楚凌天聽到張晉滔的話，對他的印象又提升了一分，正如周川說的那樣，張晉滔為人雖然狂傲，但性子很直，品行不壞。

楚凌天答應道：「一言為定！」

周宏見兩人定下賭約，便朗聲宣佈道：「對決正式開始！」

話音落下，張晉滔右腳猛地一跺地面，宛若下山猛虎，朝著楚凌天暴衝而去，他的雙手彎曲成爪，指尖寒芒綻放，散發出凌厲之意。

楚凌天冷哼一聲，沒有施展武技，直接迎了上去，和張晉滔近身肉搏。

嘭嘭嘭！一道道對轟聲響起，兩人猶如人形妖獸一般，拳拳到肉。

張晉滔同樣是氣、體雙修，只不過他的肉身境界不如楚凌天，只有鍛體境後期。

僅僅幾個回合，張晉滔身上便出現數團淤青，感受到兩人肉身境界的差距，張晉滔臉上不僅沒有懼色，反而戰意滔天。

「學宮能招收到你這樣的天才，這屆學宮大比，應該不會輸得太難看了。」張晉滔誇讚道：「你的實力雖然不錯，但想要贏我，還差一些！」

話音落下，張晉滔手中出現一根土黃色的長棍，棍子上雕刻著一隻張牙舞爪的蛟龍。

此棍名為蛟龍棍，乃是一件三品高階靈器。

「棍掃天地！」

張晉滔暴喝一聲，揮動手中的蛟龍棍橫掃而出，剎那間，數十道凌厲的棍影凝聚而出，形成一個棍影牢籠，將楚凌天籠罩在內。

「給我破！」

楚凌天右手握拳，鍛體境後期巔峰的肉身力量全力爆發，恐怖的拳力瞬間將棍影牢籠轟碎。

楚凌天淡淡道：「若你的實力只有這點兒，那麼現在就可以認輸了。」

張晉滔冷哼道：「哼，下一擊就擊敗你！」

只見他雙手握住蛟龍棍，催動體內靈力瘋狂注入棍內，施展出最強一擊。

「土龍咆哮！」

隨著張晉滔手中的蛟龍棍揮出，一道震耳欲聾的龍吟響徹天地。方圓百米的土屬性靈氣瘋狂彙聚而來，瞬間化作一條張牙舞爪的土色蛟龍虛影，張開血盆大口，朝著楚凌天吞去。

《土龍咆哮》乃是玄階高級武技，張晉滔已將其修煉至大成之境，威力驚人，全力施展之下，即便是同階修士，也難以抵擋。

楚凌天評價道：「威力不錯，但憑它還威脅不到我。」

只見楚凌天右手雙指併攏如劍，朝著身前的虛空力斬而下。

「血炎斬！」

一道巨大的火焰神劍虛影瞬間凝聚，攜帶恐怖的劍意，劈向土色蛟龍。

雖然楚凌天沒有使用靈器，但他已將《血炎劍訣》修煉至圓滿之境，再加上他的肉身強悍至極，即便用雙指代替靈器施展血炎斬，依舊能爆發出駭人的威力。

此時，眾人才感受到，楚凌天的修為竟然也達到了大靈師九重天初期。

「短短兩個月的時間，楚凌天的修為竟然從大靈師四重天後期，突破至大靈師九重天初期？這怎麼可能！」

劉子峰瞪大雙眼，失聲大喊，不光他不相信，在場的其他弟子，乃至長老，也都滿臉震驚。

那可是足足十三個小境界啊！就算是覺醒了五品血脈的天才，想要突破十三個小境界，也得苦修數年才行，而楚凌天僅僅修煉了兩個月而已。

他們不知道，其實楚凌天足足修煉了十六年多，還是在成百上千顆烈焰煉體丹、御元丹的輔助下，才達到了大靈師九重天初期。

就在眾人震驚之時，土色蛟龍與火焰神劍虛影狠狠相撞，一道恐怖的能量餘波，橫掃八方。

在眾人驚駭的目光中，土色蛟龍寸寸崩碎，化作虛無，火焰神劍虛影帶著餘威，徑直劈在張晉滔身上。

張晉滔發出一聲悶哼，身上出現一道深可見骨的血痕，鮮血宛若小溪一般順流而下，染紅衣衫。

「不愧是天眷之人，修煉速度果然驚世駭俗！」張晉滔看著身上的血痕，由衷地讚嘆道：「你有實力衝入學宮大比前八名，替我星辰學宮爭光！」

張晉滔話鋒一轉，又道：「但想贏我，還差一些！」

話音落下，張晉滔氣勢陡然暴漲，修為從大靈師九重天初期，突破至大靈師九重天中期！

張晉滔開口道：「本想在學宮大比中突破，打曜日學宮、明月學宮一個措手不及，但你的實力遠遠超出我的預計，為了完成雇主的任務，只好現在突破了。」

按照張晉滔原本的修煉速度，想要突破至大靈師九重天中期，至少還得三個月的時間，之所以能這麼快突破，離不開楚家提供的修煉資源。

這也是，他為什麼答應楚家，對楚凌天動手的原因。

張晉滔迫切提升實力，並不單單是為了自己，還為了星辰學宮，作為星辰學宮首席大弟子，他有義務維護學宮的臉面。

歷屆學宮大比，曜日學宮、明月學宮的成績都碾壓星辰學宮，而上一屆學宮大比，前八名中竟然只有一名星辰學宮弟子，而且還是墊底的第八名。

曜日學宮、明月學宮放下狠話，要在這一屆學宮大比，包攬前八名，讓星辰學宮丟盡臉面！

所以，張晉滔才迫切地想要提升實力，想為星辰學宮在學宮大比中爭光。突破大靈師九重天中期的他，實力暴漲了數成，渾身爆發出可怕的氣勢。

「土龍咆哮！」

張晉滔暴喝一聲，全力揮動手中的蛟龍棍。

「吼！」

一條土色蛟龍從棍上洶湧而出，散發出恐怖的威勢，狠狠轟向楚凌天，土色蛟龍所過之處，空氣爆鳴，威勢駭人！

演武臺下，周宏的身邊站著一名鬚髮皆白的老者。

此人便是張晉滔的師父，星辰學宮的三長老，修為達到了靈王八重天初期。

三長老撫了撫鬍鬚，滿臉驕傲地說道：「以晉滔的實力，必定能衝入本屆學宮大比的前五名，為我星辰學宮爭光！」

周宏點了點頭，認可三長老所說的話。

三長老安慰道：「大長老，雖然楚凌天不敵晉滔，但已經很優秀了。」

周宏搖了搖頭，這番話他就不認可了。

周宏道：「三長老，張晉滔的實力確實不錯，但凌天比他更強。」

三長老聞言，眉頭一皺，剛準備開口反駁，就聽演武臺上，楚凌天開口道：

「這一擊值得我認真對待。」

也就是說，之前的交手，他都沒有認真過，只見楚凌天右手凌空一握，取出天炎劍，然後催動靈力，全力施展出血炎斬。

刺啦！一道十數米長的火焰神劍虛影凝聚而出，散發出滔天的火威與劍意，四周的空氣都被灼燒的啪啪作響！

隨著天炎劍的斬下，半空中的火焰神劍虛影狠狠劈向土色蛟龍。

突破後的張晉滔，實力確實提升了不少，但楚凌天的實力遠超於他！

氣、體雙修的楚凌天，不僅修為達到了大靈師九重天初期，肉身境界更是達到了鍛體境後期巔峰，二者相加，靈王境之下沒有人會是他的對手。

雖然楚凌天現在只動用了七成實力，但依舊不是張晉滔能夠抵擋得住的。

土色蛟龍在火焰神劍虛影之下，僅僅堅持了幾息時間，便哀嚎一聲，被劍意轟碎。

張晉滔看著越來越近的火焰神劍虛影，臉色狂變，來不及施展任何武技，匆忙間只能架起雙臂，準備硬接這一擊。

但他心中明白，以他的肉身境界，絕擋不住這一擊，極有可能會雙臂斬斷，身受重傷。

就在火焰神劍虛影即將斬在他身上的時候，楚凌天突然收回武技，火焰神劍虛影瞬間消散。

張晉滔疑惑地望向楚凌天，卻聽楚凌天淡淡道：「你我並無仇怨，這場對決也不是生死對決，點到為止即可。」

張晉滔聞言，深呼吸一口氣，沉聲道：「我輸了！從現在起，我便不是天雄幫的幫主了，而是凌天閣的普通成員！」

願賭服輸、毫無怨言，這讓楚凌天更加高看了張晉滔一眼。

劉子峰大喊道：「幫主，你收了楚家那麼多好處，怎麼能認輸呢？快施展底牌，擊敗楚凌天！」

第一，張晉滔與楚家的合作，是他一手促成的，若是張晉滔輸給了楚凌天，他作為中間人，必定會受到楚家的嚴懲，所以，他才會如此著急。

第二，他是天雄幫的副幫主，在弟子當中影響力非凡。

天雄幫之所以能成為星辰學宮第一小勢力，完全是因為張晉滔，若是張晉滔退出天雄幫，天雄幫的影響力將瞬間大跌，他手中的權勢也將大大削弱。

他的話音剛剛落下，一道破空聲陡然響起，張晉滔瞬間來到他面前。

啪！一記響亮的耳光聲傳出。

和楚凌天剛到演武堂時一樣，張晉滔一巴掌將劉子峰打翻在地，居高臨下望著劉子峰，冷聲道：「你在教我做事？」

張晉滔出手比楚凌天更狠，這一巴掌直接扇飛劉子峰數顆牙齒。

他確實還有底牌沒有施展，但剛才和楚凌天的對決，讓他清楚地認識到兩人之間的差距。

即便他施展了底牌，也不會是楚凌天的對手，反而還會付出慘重代價，身受重傷。

況且，楚凌天說的很對，他們兩人並不是生死對決，點到為止即可，若是廢掉一個，影響明日的學宮大比，那就是星辰學宮的罪人！

劉子峰感受到張晉滔身上散發出的寒意，渾身一顫，連忙開口道：「不敢！不敢！」

張晉滔抬起頭，環顧四周，朗聲道：「我再說一遍，我張晉滔從現在起，退出天雄幫，加入凌天閣！」

天雄幫的成員聞言，皆露出不知所措的神色，突然，一道聲音響起。

「我也退出天雄幫，加入凌天閣！」

說話的是天雄幫的一個小隊長，他的話就像是導火索一般，點燃了天雄幫眾成員。

「我也退出天雄幫！」

「我就是為幫主加入天雄幫的，幫主走了，我當然也要跟著走！」

「幫主去哪兒，我就去哪兒！」

不一會兒，天雄幫內的成員便退出了一大半。

張晉滔雙手抱拳，率先朝著楚凌天行禮道：「見過閣主！」

跟隨他加入凌天閣的新成員們，全都抱拳行禮，異口同聲地喊道：「見過閣主！」

雖然凌天閣大部分成員，都還在外門，但隨著張晉滔等人的加入，凌天閣瞬間成為星辰學宮第一小勢力。

張晉滔沒有起身，而是繼續喊道：「見過大師兄！」

他的聲音落下，演武堂內所有弟子，全都朝著楚凌天抱拳行禮，大聲喊道：「見過大師兄！」

楚凌天擊敗了張晉滔，自然取代他，成為了星辰學宮首席大弟子。

修煉一道，達者為師，雖然楚凌天的年紀還不到十七歲，但他的實力已經超越所有弟子，成為了星辰學宮弟子當中的第一人，所以，這一聲大師兄，眾弟子叫的心服口服。

當然，也有人心中不服，臉上佈滿怨毒，那便是劉子峰。

劉子峰心中咬牙切齒道：「楚凌天，你別得意！等我將今日發生的事彙報給楚家後，楚家定會想盡辦法除掉你！」

正如劉子峰預料的那樣，楚嘯鷹收到他的傳信後，頓時震怒，立刻將所有長老召集到大廳。

「楚凌天竟然擊敗了大靈師九重天中期的張晉滔，成為了星辰學宮首席大弟子！」

楚嘯鷹臉色陰沉無比，眼中湧出滔天殺意，楚凌天的修煉速度遠遠超出了他的預料。

雖然星辰學宮是三大學宮中實力墊底，但它的實力遠不是楚家可以相比的，楚凌天不僅被周宏收為入門弟子，如今更是成為了星辰學宮首席大弟子，放眼赤炎帝國年輕一代，都絕對是拔尖的人物了。

更重要的是，楚凌天如今還不到十七歲！

「兩個月前，楚凌天的修為不過大靈師四重天後期，就算他是天眷之人，受到上天眷顧，但他體內沒有血脈，資質低下，怎麼可能在這麼短的時間內，將修為提升到大靈師九重天初期！」

楚鴻飛眉頭緊皺，擰成了一個川字，赤炎帝國不是沒有出現過天眷之人，但那幾人，都沒有這般變態。

楚嘯鷹沉聲道：「只有一個可能！那就是楚凌天得到了蒼炎藥皇的傳承！」

眾長老聞言，皆點了點頭，贊同楚嘯鷹的話。

「家主說得對。」

「蒼炎藥皇作為五品高階煉丹師，其傳承中必定有大量的丹藥，可以提升修為。」

「只有這樣，楚凌天才能在兩個月內，突破至大靈師九重天初期。」

楚鴻飛臉色難看地說道：「若楚凌天真的得到了蒼炎藥皇的傳承，那他現在極有可能再次覺醒了血脈。」

天眷之人，再次覺醒血脈，拜師周宏，星辰學宮首席大弟子，與上官嫣然親近……

雖然楚家眾人不想承認，但事實就擺在眼前，楚凌天已經成長為楚家的心腹大患！

從楚凌天的過往表現來看，他與楚家已經不可能和解，若是楚家不能將他解決，那遭殃的就是楚家！

楚嘯鷹殺機凜然地說道：「明日的學宮大比，將是楚家的機會，必須抓住這個機會，解決掉楚凌天！」

楚鴻飛嘆氣道：「可惜，少家主正在閉關，無法參加學宮大比，不然，少家主出手，楚凌天必死無疑。」

楚雲霄在五天前，便成為了曜日學宮首席大弟子，並獲得了一份大機緣，正在閉關突破靈王境。

據傳，楚雲霄極有可能越過靈王一重天初期，直接突破至靈王一重天中期，乃至更高！

楚嘯鷹道：「雲霄如今正在突破的關鍵期，學宮大比的前三名，不過是獲得進入赤炎池修煉的機會罷了，雲霄獲得的大機緣，遠比赤炎池珍貴的多！」

楚鴻飛點了點頭，隨著楚雲霄成為曜日學宮首席大弟子，楚家的影響力進一步增強，並搭上了赤炎帝國的一位頂尖強者。

雖然楚家的實力不如周宏所在的周家，但現在，即便是周家也不能小覷楚家。

楚嘯鷹眼中掠過一抹冰冷的寒芒，道：「雖然雲霄無法參加學宮大比，但曜日學宮的其他真傳弟子都會參加，想要解決楚凌天，易如反掌！」

楚凌天並不知道楚家準備在學宮大比上，對他動手，就算知道了，也不會放在心上。

在絕對的實力面前，任何手段都如同土雞瓦狗一般，不堪一擊！

此時的楚凌天，已晉升為真傳弟子，從山腰區域搬到山峰區域，併入住正北區一號宅院。

作為首席大弟子的住所，正北區一號宅院不光面積廣闊、環境優美，院內還佈置著一個小型聚靈陣，聚集四周的天地靈氣。

只可惜，楚凌天用不到，對他來說，品階再高的聚靈陣，效果也不如混沌寶塔。

楚凌天問道：「師兄，今日怎麼沒有看到嫣然？」

楚凌天在演武堂內，並沒有看見上官嫣然，對決結束後，他還去找了上官嫣然，卻發現上官嫣然不在自己的住所內。

周川笑著回答道：「給你送完金票後，上官嫣然就回皇宮閉關修煉了，這次的學宮大比，除了你和張晉滔外，上官嫣然便是我星辰學宮的三號種子。」

楚凌天眉毛一掀：「三號種子？難道說，這兩個月的時間，嫣然的實力竟能超越其他真傳弟子？」

要知道，想要成為真傳弟子，年齡必須在二十五歲以下，修為達到大靈師五重天以上。

星辰學宮雖然有十個真傳弟子的名額，但加上不久前才晉升為真傳弟子的陳俊豪，以及剛剛成為首席大弟子的他，星辰學宮也才九名真傳弟子而已。

可見，想要成為真傳弟子有多難。

第三章 前往帝都

上官嫣然在兩個月，修為才剛剛突破到大靈師二重天而已。短短兩個月的時間，她的實力就能超越其他真傳弟子？這讓楚凌天感到驚異。

周川對上官嫣然充滿信心，笑著說道：「嫣然與宮主關係匪淺，加入我星辰學宮，就是為了代表我星辰學宮，參加學宮大比的。」

雖然上官嫣然沒有拜星辰學宮宮主為師，但二人之間卻有著半師之情，關係匪淺，所以，上官嫣然才會捨棄曜日學宮、明月學宮，選擇加入實力最弱的星辰學宮。

周川調侃道：「等明天到了帝都，你就能見到上官嫣然了，希望你不會被她的實力嚇到。」

學宮大比是由皇室支持的重要比賽，所以舉辦地並不在三大學宮內，而是在帝都。

楚凌天笑道：「我拭目以待。」

周川離開後，楚凌天拿出《天風玄魂陣》的陣盤，催動靈力注入其中，在宅院內佈下陣法。

待《天風玄魂陣》佈好後，楚凌天走進主屋，意念一動，進入寶塔第一層空間。

雖然明日就是學宮大比了，但外界的一天，在寶塔第一層空間內便是一百天，他還可以再鞏固一下實力。

一百天的時間，轉瞬而逝，雖然楚凌天的修為並沒有增長，但他對自身力量的掌控，以及武技的運用，都比之前提升了一些，戰力也跟著提升了一些。

楚凌天離開寶塔第一層空間，回到外界後，不一會兒，便接到了出發通知。所有真傳弟子和風雲榜上排名前三十的內門弟子，都將出發前往帝都，參加學宮大比。

待楚凌天來到廣場時，其他真傳弟子和內門弟子都已到齊。眾弟子雙手抱拳，齊聲喊道：「見過大師兄！」

人群中的劉子峰，雖然心不甘、情不願，但依舊要向楚凌天抱拳行禮，這便是首席大弟子的牌面。

楚凌天點了點頭，以示回應。

片刻後，三道身影踏空而來，站在兩側的，分別是大長老周宏和二長老陳遠興。

站在中間的，則是一名風姿綽約的美婦人，雖然她面帶笑意，但身上卻散發出強大的氣息。

此人便是星辰學宮的宮主，靈皇二重天的頂尖強者——沈婉容。

沈婉容的目光掃過所有參加學宮大比的弟子，緩緩開口道：「學宮大比關係到皇室對三大學宮的扶持比例，第一名獲得的扶持最大，第二名次之，第三名最少，我星辰學宮次次都是最後一名，希望這屆學宮大比，你們可以為我星辰學宮爭光，讓我星辰學宮擺脫墊底的命運！」

為了激勵眾弟子，沈婉容又許下重諾。

通過大比第一輪者，獎勵兩千學分、一件三品低階靈器，通過大比第二輪，進入前八名者，獎勵五千學分、一件三品高階靈器、一部玄階高級武技！

進入大比前三名者，獎勵一萬學分、一件四品低階靈器，若能獲得大比第一名，獎勵三萬學分、一件四品中階靈器、一部地階低級武技！

眾弟子聞言，呼吸都變得粗重起來，眼中湧出滔天戰意，恨不得立刻開始學宮大比。

即便是楚凌天，也對宮主許下的獎勵感到心動。

楚凌天握了握拳頭：「第一名，我志在必得！」

感受到眾弟子散發出的戰意，沈婉容點了點頭，下令道：「出發！」

眾弟子紛紛躍上火羽雕、金翅雕，前往帝都。

兩個時辰後，一座巨大的城池，出現在眾人的視線中。

帝都作為赤炎帝國最重要的城市，其規模、繁榮程度，遠超其他城市。

在其他城市內，大靈師修士便算得上是強者了，但在帝都內，靈王五重天以上的修士才稱得上強者。

沒有皇室特許，飛行妖獸不得進入帝都，所以，火羽雕、金翅雕降落在帝都外，由專人看管。

沈婉容、周宏、陳遠興，帶著楚凌天等人走進城門，前往皇宮。

「不愧是帝都，城門守軍竟然全都是靈師境以上的修士。」

「城門守將更是大靈師五重天修士。」

「這還只是城門守軍，據傳，皇宮禁軍的實力更強！」

眾弟子議論紛紛，來到皇宮的宮門後，眾弟子等人見識到了實力更強的禁軍，愈發驚嘆。

宮門守將竟然是一名靈王一重天的強者！要知道，靈王一重天強者放在三大學宮內，都是內門長老，若放在中、小城市內，甚至可以組建家族、勢力，但在皇宮內，卻只是宮門守將而已，由此可見，皇室的實力有多強。

在陣陣驚嘆中，楚凌天等人來到一座巨大的演武場。

此時，曜日學宮和明月學宮的人，都已經到了。

「星辰學宮來的最晚，不知道的還以為星辰學宮是壓軸的呢，但事實卻是，每屆學宮大比星辰學宮都是墊底的。」

一道不和諧的聲音響起，順著聲音望去，說話的是一名長著三角眼、鷹鉤鼻的中年人，渾身散發著陰冷的氣息，從面相上，就知道此人絕非善類。

此人便是曜日學宮大長老——魯世藩，修為達到了靈皇一重天初期，放眼整個赤炎帝國，都算得上頂尖強者。

周宏冷哼道：「姓魯的，不會說話，就閉上你的臭嘴！」

雖然魯世藩的修為高於周宏，但周宏距離靈皇境只有一線之隔，若是爆發全力，足以與魯世藩一戰，所以並不畏懼魯世藩。

再加上兩人結仇多年，所以，周宏的態度才會如此。

魯世藩冷笑道：「呵呵，周宏，你不過是在無能狂怒罷了，這屆學宮大比的前八名，星辰學宮連一席都占不到！」

周宏準備開口反駁，一旁的沈婉容淡淡開口道：「我星辰學宮能取得怎樣的成績，就不勞魯長老費心了，聽說曜日學宮首席大弟子楚雲霄正在閉關，無法參加本屆學宮大比，曜日學宮能不能拿下大比第一名，還是個未知數。」

魯世藩一臉傲然地說道：「楚雲霄雖然不在，但有本長老的入門弟子範劍在，大比第一名必定屬於我曜日學宮！」

周宏眉頭一皺，雖然他不想承認，但魯世藩的弟子範劍，在年輕一代中確實是拔尖的。

範劍出身於帝國一流豪族範家，並且還是範家的少家主，覺醒了六品血脈『雷雀血脈』，資質非凡。

在魯世藩與範家的精心培養下，範劍的修為已經達到了大靈師九重天後期巔峰，並將玄階高級武技，修煉至大成之境，戰力不弱於普通的靈王一重天初期修士。

在楚雲霄成為曜日學宮首席大弟子之前，範劍便是曜日學宮的首席大弟子。

楚凌天看到周宏的臉色，開口道：「師父放心，這屆學宮大比的第一名，一定屬於我星辰學宮！」

周宏聞言，笑著點了點頭，魯世藩有一個好徒弟，他同樣也有！並且，他的徒弟比魯世藩的徒弟更優秀！

當然，周宏並沒有把楚凌天的話當真，只覺得楚凌天是在安慰他，只要楚凌天能衝入大比前五名，他就滿足了。

至於大比第一名，周宏從來沒有想過。

不是他對楚凌天沒有信心，實在是因為楚凌天的年紀太小了，連十七歲都不到，修煉時間太短，不論是範劍，還是明月學宮首席大弟子，年紀都超過了二十三歲，比楚凌天多修煉五年以上。

若是下一屆學宮大比，他相信楚凌天一定能拿下第一名，但這屆學宮大比，雖然他不願意承認，但範劍確實是最有希望奪冠的人選。

在周宏看來，楚凌天作為天眷之人，如今又覺醒了血脈，潛力比範劍更強！即便現在，實力不如範劍，但未來一定會超越範劍！

魯世藩看著楚凌天，眼睛微微一瞇，眼底深處掠過一抹陰冷的寒芒。

昨日，楚嘯鷹派人送了一封信給他，信的內容很簡單，就是想讓範劍在學宮大比中，殺了楚凌天，以絕後患。

若這封信只是楚嘯鷹寫的，魯世藩必定不會答應，因為楚凌天的背後，不僅站著周宏，還站著星辰學宮。

作為首席大弟子，楚凌天若是死在了學宮大比中，星辰學宮肯定不會善罷甘休，但信的落款除了楚嘯鷹的簽名外，還蓋著一個私印。

楚雲霄成為曜日學宮首席大弟子後，楚家的影響力進一步增強，並搭上了赤炎帝國的一位頂尖強者。

落款處蓋的那個私印，便是那位頂尖強者的。

這說明，那位頂尖強者贊同楚嘯鷹的計畫，所以，魯世藩最終答應了下來。

魯世藩轉頭看了一眼範劍，範劍立刻領悟，嘴角掀起一抹冷笑，看向楚凌天的目光，就像在看一具屍體一般。

在他看來，赤炎帝國年輕一代中，除了楚雲霄之外，沒有一人會是他的對手。

楚淩天感受到範劍的目光，臉色淡然，靈魂力量強大的他，自然感受到了範劍不懷好意，但他並不在意。

範劍若是不動壞心思，在學宮大比兩人相遇，他最多只會將其重創，但範劍若是想要找死，他不介意送其上路。

「淩天！」

這時，一道銀鈴般的聲音響起，一道倩影從演武場外走了過來，正是上官嫣然！

兩個月不見，上官嫣然身上散發出的氣息，增強了數倍。

楚淩天道：「師兄說，嫣然是學宮的三號種子，我還有些不信，現在一看，師兄說的還是有些保守了，若再給嫣然一些時間，絕對能超越我。」

楚淩天並不是在恭維上官嫣然，而是說的實話。

從上官嫣然散發的氣息來看，她的修為至少達到了大靈師七重天！並且肉身強橫，達到了鍛體境後期，雖然沒有達到了鍛體境後期巔峰，但足以碾壓普通的大靈師七重天修士！

若是氣、體合一，爆發全力，上官嫣然的戰力直追大靈師九重天修士！

「多虧了凌天送我的火鸞丹，不然就算赤炎池的功效再強大，也不可能讓我的實力提升這麼多。」

上官嫣然解釋，對於楚凌天沒有絲毫隱瞞。

楚凌天聞言，露出恍然之色。

原來，這兩個月上官嫣然一直在赤炎池內閉關，怪不得她的實力會暴漲這麼多。

赤炎池作為赤炎帝國三大機緣之一，雖然開啟條件極為苛刻，但上官嫣然作為皇帝的掌上明珠，想要進入赤炎池修煉，自然不會受到限制。

在火鸞丹、赤炎池，以及其他珍貴丹藥的輔助下，上官嫣然的實力突飛猛進，雖然衝入學宮大比的前五名，沒有多少希望，但衝入前八名，問題應該不大。

就在楚凌天與上官嫣然聊天之時，一道威嚴的聲音響起。

「皇上駕到！」

只見一名劍眉星目、身穿龍袍，渾身散發著上位者氣息的中年男子，帶著一隊氣息強橫的禁軍兵士，走進演武場。

此人正是上官嫣然的父親，赤炎帝國的皇帝——上官炎！

他的身後除了那隊禁軍兵士外，還有三名靈皇境強者，分別是禁軍統領、戰王，以及甯王。

從楚凌天手中購買了那顆破皇丹後，甯王便開始閉關苦修，終於在三天前打破桎梏，突破至靈皇一重天初期，成為赤炎帝國的頂尖強者。

禁軍統領乃是上官炎的親信，掌管禁軍，護衛皇宮，擁有靈皇二重天中期的修為，實力強橫。

至於戰王，則是上官炎和甯王的叔叔，先皇最小的弟弟，坐鎮邊關，統領邊軍，手握滔天權勢，修為達到了靈皇三重天初期！

上官炎來到搭建的高臺上，目光掃過眾人，緩緩開口道：「各位都是我赤炎帝國的棟梁之才，希望這屆學宮大比，各位可以展現出最強的實力，取得優異的成績。」

不知道是不是錯覺，楚凌天感覺到上官炎的目光在掃過眾人之時，在他的身上停留了一瞬。

「難道甯王已經在皇上面前提起了我？」

楚凌天心中暗想，他可是記得，在蒼炎洞府外，甯王說會在上官炎面前，替他說幾句好話。

就在楚凌天胡思亂想之時，甯王邁步而出，開始介紹本屆學宮大比的規則，聲如洪鐘，響徹整個演武場。

「本屆學宮大比共有三輪，第一輪幻心陣，第二輪皇家獵場，第三輪個人戰，通過第一輪幻心陣的弟子，可獲得一分，通過第二輪皇家獵場的弟子，可獲得三分，個人戰按照名次，第八名至第五名，得五分至二十分，第四名得三十分，第三名得四十分，第二名得六十分，第一名得一百分！」

「三輪比試過後，三大學宮按照總積分進行排名，第一名將獲得價值一千萬兩黃金的修煉資源，第二名將獲得五百萬兩黃金的修煉資源，第三名將獲得兩百萬兩黃金的修煉資源。」

聽到甯王的介紹，楚凌天眼中掠過一抹精芒，怪不得三大學宮對學宮大比如此重視。

第一名獲得的獎勵，遠遠超過第二名、第三名。

雖說修煉最重要的是意志力與天賦，但修煉資源也必不可缺，尤其是靈王境以下，只要修煉資源足夠，可以大大縮短修士的修煉時間。

每屆學宮大比都墊底的星辰學宮，獲得修煉資源最少，長此以往，星辰學宮與曜日學宮、明月學宮的差距只會越拉越大。

甯王頓了頓，接著說道：「第一輪幻心陣，乃是一座考驗心性的幻境陣法，所有參賽者同時進入幻心陣內，接受幻境考驗，只要在半個時辰走出陣法，即為通過考核。」

說罷，甯王手掌一翻，掌心出現一個玄奧的陣盤，他催動靈力注入陣盤內，轉眼間便將幻心陣佈下。

與此同時，陣法旁邊還立著一個水晶沙漏，用於計時。

「學宮大比第一輪幻心陣，正式開始！」

話音落下，甯王揮出一道靈力，將水晶沙漏倒轉，半個時辰倒計時正式開始！

參賽者們紛紛動身，衝入幻心陣。

眨眼間，一百二十名參賽者便全部進入幻心陣內。

三大學宮內，只有十大真傳弟子與排名前三十的內門弟子，才有可能參加學宮大比。

原本星辰學宮只有九名真傳弟子，但隨著上官嫣然實力的提升，已被宮主沈婉容破例晉升為真傳弟子，補齊了十名真傳弟子。

魯世藩望向周宏，一臉挑釁地說道：「上一屆學宮大比的賭局，你輸給我一顆四階高級妖獸的妖丹，今年還敢不敢再賭一局？」

周宏冷聲道：「和上次的賭局一樣，賭我星辰學宮弟子第一輪的通過率？」

魯世藩搖了搖頭，一臉輕蔑地說道：「星辰學宮弟子的實力太弱了，賭通過率簡直毫無懸念。」

周宏臉色難看地說道：「那你想怎麼賭？」

雖然魯世藩的話，刺耳無比，但他說的卻是事實。

歷屆學宮大比，星辰學宮弟子第一輪的通過率，都不超過六成，賭通過率確實沒有什麼懸念。

「就賭範劍能不能比楚淩天，早一刻鐘走出幻心陣。」魯世藩開口道：「若範劍能做到，則我贏，你給我一顆四階高級妖獸的妖丹，反之你贏，我給你一顆四階高級妖獸的妖丹，如何？」

魯世藩的話語中，充斥著無邊的自信，在他看來，範劍贏楚凌天易如反掌。

「好！」

周宏想都沒想，一口答應，魯世藩對範劍充滿信心，他同樣對楚凌天充滿信心！

兩人的賭約，引起了眾人的關注，不論是沈婉容、甯王，還是戰王、上官炎，都想看看，範劍能不能比楚凌天早一刻鐘，走出幻心陣。

就在眾人以為，至少要等到時間過半，才會有參賽者走出幻心陣。

結果才過去一刻鐘的時間，幻心陣的護罩陡然蕩起層層漣漪，一道身影從陣法內走了出來。

定眼望去，正是楚凌天！魯世藩臉色微變，眼中浮現出不信之色。

「這怎麼可能！」魯世藩轉頭望向甯王，沉聲問道：「王爺，幻心陣出問題了嗎？」

甯王搖了搖頭，道：「幻心陣沒有問題，其他參賽者還在接受幻境考核。」

魯世藩聞言，臉色頓時變得難看起來，他剛才和周宏立下賭約，結果楚凌天就狠狠打了他的臉。

若楚凌天用了兩刻鐘以上的時間，通過幻心陣，也就罷了，但他僅僅用了一刻鐘，就通過了幻心陣，這讓魯世藩難以接受。

要知道，幻心陣的考核時間可是半個時辰，楚凌天僅僅用了四分之一的時間，便通過了考核，簡直駭人聽聞。

這說明，楚凌天的意志力遠遠超過其他參賽者。

除了魯世藩不願接受這一結果外，其他人臉上都浮現出震驚之色，驚嘆楚凌天的意志力之強。

他們想過楚凌天可能會贏範劍，但誰也沒有想到，楚凌天竟然只用了一刻鐘的時間，就走出了幻心陣。

要知道，歷屆學宮大比，幻心陣的最快過關紀錄，也用了近兩刻鐘的時間，而楚凌天卻把記錄時間縮短了近一倍，創造了新的記錄。

眾人心中皆忍不住感嘆，楚凌天的這一記錄恐怕再也沒有人能破掉。

魯世藩怎麼也想不通，楚凌天不過十六歲，意志力怎麼會如此強大。

他不知道的是，楚凌天已經在混沌寶塔第一層空間內，修煉了近六十年的時間。

楚凌天的心理年紀，已經超過了七十歲，心志早已錘煉的堅定無比，普通的幻境考驗，對楚凌天來說，不過是小兒科罷了，根本影響不到他。

周宏攤開右手，滿臉笑意地說道：「魯世藩，你輸了，該把賭注給我了。」

周宏和魯世藩在學宮大比上，賭了數次，這還是他第一次贏。

「哼！不過是讓你僥倖贏了一次而已，有什麼好得意的！」

魯世藩冷哼一聲，從儲物戒指中取出一個玉盒，不甘心地扔給周宏。

玉盒內裝著一顆碧綠色的妖丹，乃是四階高級妖獸，疾風魔狼的妖丹，價值連城。

周宏看了一眼妖丹，轉頭遞給楚凌天，道：「把它收下。」

楚凌天連忙擺手拒絕，道：「師父，這是你贏的賭注，我怎麼能收下。」

周宏道：「是你贏了範劍，才有了這顆妖丹，給你，你就收下，為師還不缺這一顆妖丹。」

見楚凌天還準備開口拒絕，周宏冷哼一聲，佯怒道：「怎麼？連為師的話都不聽了？」

第四章 皇家獵場

楚凌天無奈，只得收下妖丹，感謝道：「多謝師父！」

雖然周宏是靈王九重天後期的一流高手，但四階高階妖獸的妖丹，對他而言，同樣十分珍貴，並不像他說的那樣輕鬆。

楚凌天明白，周宏是在藉機給他修煉資源，他再次覺醒血脈的事，在出發前往帝都前，便告訴了周宏。

當周宏得知，他在血靈寶丹的輔助下，只覺醒了最普通的一品血脈『藍焰血脈』時，臉上雖然浮現出失望之色，但更多的是心疼。

有了藍焰血脈，楚凌天雖然可以突破靈王境了，但修煉資質依舊很差，只比以前沒有血脈時，提升了一點。

在周宏看來，雖然楚凌天繼承了蒼炎藥皇的傳承，身家雄厚，但受藍焰血脈的拖累，他日後的修煉之路，需要耗費龐大的修煉資源，所以，周宏才會找藉口給他修煉資源。

楚凌天將妖丹收入儲物玉佩，心中湧起一股暖流，有這樣一位師父，真好！

一刻鐘後，幻心陣的護罩再次蕩起漣漪，範劍第二個通過幻境考驗，走出陣法。

若沒有楚凌天，範劍的成績絕對亮眼無比，但有了楚凌天，範劍的成績就顯得很普通了。

範劍感受到眾人冷淡的態度，眼中露出疑惑之色，望向自己的師父魯世藩。

當他聽到魯世藩說，楚凌天僅僅用了一刻鐘，就走出了幻心陣，臉色頓時陰沉下來，目光死死盯著楚凌天。

「竟然搶本少的風頭，個人戰時，本少定要將你虐殺！」

範劍眼中殺機凜然，又過了一炷香的時間，參賽者們陸續開始走出幻心陣。

當水晶沙漏中的細沙，全部漏到下方時，甯王宣佈大比第一輪結束，沒有走出幻心陣的參賽者，全部淘汰。

第一輪過後，共有八十五人晉級，其中，曜日學宮晉級的人最多，足足有三十三人，通過率高達百分之八十二點五。

明月學宮次之，有二十九人晉級，通過率百分之七十二點五，星辰學宮墊底，只有二十三晉級，通過率百分之五十七點五，依舊沒有超過六成。

所有晉級的參賽者，有一炷香的時間調整狀態、

一炷香後，甯王開口道：「第二輪皇家獵場，顧名思義，所有晉級的參賽者

將前往帝都外的皇家獵場，獵殺妖獸，獲取妖丹，時間為一個時辰，一個時辰，按照妖丹的品階、數量排名，前十六名將晉級第三輪個人戰！」

皇家獵場位於帝都後方十里處，是一座小型妖獸森林，圈養著數千隻三階妖獸，專門給皇族子弟和帝國權貴子弟用於練手，提升實戰經驗。

在甯王和禁軍統領的帶領下，八十五名晉級者前往皇家獵場。

來到皇家獵場門口後，甯王大袖一揮，取出一個巨大的水晶沙漏。

「本王知道三大學宮之間的關係，並不融洽，但皇家獵場內，不允許私鬥，若有人違反，立刻取消參賽資格，逐出帝都！」

甯王冰冷的聲音，迴蕩在每個參賽者的耳邊，那些準備搞小動作的人聞言，立刻收起心思。

甯王和禁軍統領皆是靈皇境強者，靈魂力量強大，他們若是在皇家獵場內發生私鬥，根本瞞不過兩人。

甯王朗聲宣佈道：「大比第二輪，正式開始！」

話音落下，八十五名參賽者化作一道道殘影，衝入皇家獵場，開始獵殺妖獸。

皇家獵場雖然只是小型妖獸森林，但面積並不小，八十五名參賽者忙著各自獵殺妖獸，只要不是故意相遇，很難在一個時辰內碰面。

皇宮內，不甘心的魯世藩，再次挑釁道：「周宏，敢不敢再賭一局？」

周宏笑著說道：「這次你想怎麼賭？」

魯世藩道：「也別說我曜日學宮欺負你星辰學宮，只要你星辰學宮弟子獲得妖丹總數，達到我曜日學宮弟子獲得妖丹總數的一半，就算你贏，反之我贏，賭注依舊是一顆四階高級妖獸妖丹，如何？」

周宏思考了片刻，答應道：「好！」

若是沒有楚凌天，這場賭局星辰學宮必輸無疑，但有楚凌天在，周宏相信星辰學宮有獲勝的希望！

一個時辰轉瞬而逝，甯王、禁軍統領帶著八十五名參賽者，返回皇宮。

甯王先將目光投向曜日學宮方向，開口道：「曜日學宮的弟子依次上前，核查妖丹數量。」

話音落下，第一名曜日學宮弟子邁步上前，從儲物玉佩中，取出兩顆三階中級妖獸妖丹、三顆三階低級妖獸妖丹。

接著，第二名曜日學宮弟子上前，從儲物玉佩中，取出一顆三階中級妖獸丹藥、五顆三階低級妖獸妖丹，第三名曜日學宮弟子上前……

範劍最後一個上前，只見他大袖一揮，面前瞬間出現一小堆妖丹。

經過清點，足足有二十顆妖丹，其中，三階高級妖獸妖丹五顆，三階中級妖獸妖丹五顆，三階低級妖獸丹藥十顆！

上官炎、戰王等人看到這一成績，眼中皆露出讚揚之色。

「看來這一屆學宮大比的冠軍，非範劍莫屬。」

「若不是楚雲霄異軍突起，曜日學宮的首席大弟子之位，還是屬於範劍的。」

「我敢斷定，兩個月內，範劍必定突破至靈王境。」

聽到一眾大佬的誇讚，範劍高高仰起頭，輕蔑地瞥了一眼楚凌天，似乎在說，就憑你也想搶本少的風頭？

楚凌天嘴角勾起一抹冷笑，並沒有回應範劍，因為事實勝於雄辯，比賽結果會替他狠狠打臉範劍。

甯王道：「明月學宮弟子依次上前，核查妖丹數量。」

第一名明月學宮弟子邁步上前，不一會兒，二十九名明月學宮弟子便全部核查完畢。

明月學宮首席大弟子魏超鋒，拿出了十八顆妖丹，其中三階高級妖獸妖丹四顆，三階中級妖獸妖丹六顆，三階低級妖獸丹藥八顆，暫列第二輪皇家獵場的第二名，僅次於範劍。

所有人的目光，都彙聚到了楚凌天等人的身上。

甯王道：「星辰學宮弟子依次上前，核查妖丹數量。」

第一名星辰學宮弟子邁步上前，不一會兒，除了楚凌天以外，其他二十二名星辰學宮弟子，全部核查完畢。

只有張晉滔、上官嫣然的成績，還算不錯，其他弟子的成績，都很差。

最少的一人，竟然只得到了一顆三階中級妖獸妖丹、兩顆三階低級妖獸妖丹。

魯世藩笑容滿面，得意無比地望向周宏，冷嘲熱諷道：「我知道星辰學宮弟子的實力弱，但沒想到這麼弱，所有弟子獲得的妖丹加起來，連我曜日學宮弟子獲得妖丹總數的四成都達不到。」

曜日學宮弟子獲得的妖丹總數為二百五十顆，其中，三階高級妖獸妖丹十顆，三階中級妖獸妖丹七十顆，三階低級妖獸妖丹一百七十顆。

而星辰學宮弟子，除了楚凌天以外，其他二十二人獲得的妖丹總數為七十九顆，其中，三階高級妖獸妖丹三顆，三階中級妖獸妖丹二十顆，三階低級妖獸妖丹五十六顆。

就算楚凌天和範劍一樣，能獲得二十顆妖丹，總數也才九十九顆，連曜日學宮弟子獲得妖丹總數的四成都達不到，更別說達到賭約中提到的五成了。

周宏瞥了一眼魯世藩，淡淡道：「大比第二輪還沒有徹底結束，有些話還是不要說得太早。」

「難道你以為楚凌天能扭轉局面，讓你再次贏得賭局不成？」魯世藩冷笑連連，道：「大比第一輪，不過是他運氣好，僥倖贏了範劍罷了，這一輪，他若是還能助你贏下賭局，我的名字倒過來念！」

他的話音剛剛落下，就見楚凌天大袖一揮，面前瞬間出現一大堆妖丹，宛若小山一般，數量遠比範劍拿出的妖丹多得多。

魯世藩臉色微變，嘴硬道：「光有數量是沒有用，還得有品質，這一堆妖丹若都是三階低級妖丹，是贏不了範劍的。」

大比第二輪比的是妖丹的品質和數量，品質是排在第一位的。

一顆三階高級妖獸妖丹，等同於三顆三階中級妖獸妖丹，等同於九顆三階低級妖獸妖丹，所以，魯世藩才會這樣說。

但隨著甯王的清點，魯世藩的臉色越來越難看，最後猶如鍋底一般，徹底黑了下來。

經過仔細清點，楚凌天共獲得五十顆妖丹，其中，三階高級妖獸妖丹十顆，三階中級妖獸妖丹十五顆，三階低級妖獸妖丹二十五顆，完全碾壓範劍！

更重要的是，有了楚凌天的這五十顆妖丹，星辰學宮弟子獲得的妖丹總數達到了一百二十九顆，超過了曜日學宮弟子獲得的妖丹總數的一半。

也就是說，第二局賭局的勝者，依舊就周宏！

範劍質疑道：「短短一個時辰，楚凌天怎麼可能在皇家獵場內，獵殺這麼多妖獸，他一定是作弊了！」

禁軍統領目光一冷，寒聲道：「你在質疑本統領和甯王的能力？」

靈皇二重天的威勢轟然爆發，宛如驚濤駭浪一般，朝著範劍席捲而去，一旁的甯王同樣臉色不悅，冷冷望著範劍。

魯世藩臉色一變，連忙出手擋住禁軍統領的威勢，替範劍道歉。

「統領息怒，範劍只是一時口誤，絕沒有質疑統領和甯王的意思。」

「哼！若再有下一次，別怪本統領下手無情！」

禁軍統領冷哼一聲，範劍雖然心有不甘，但卻嘴巴緊閉，不敢再開口。

雖然範家實力不俗，他師父魯世藩也是靈皇一重天的強者，但同時得罪赤炎帝國兩名權勢滔天的大佬，即便是範家，也承受不住。

甯王將目光從範劍身上移開，宣佈道：「大比第二輪結束，楚凌天、範劍、魏超鋒……十六人晉級大比第三輪。」

晉級的十六人中，曜日學宮弟子七人，明月學宮弟子五人，星辰學宮弟子四人。

除了楚凌天、張晉滔、上官嫣然外，還有一名真傳弟子以第十六名的成績，踩線晉級。

這讓沈婉容、周宏、陳遠興十分高興，這已經是近五屆學宮大比以來，星辰學宮取得的最好的成績了。

魯世藩冷笑一聲，嘲諷道：「不就是運氣好，僥倖有四個人晉級第三輪嘛，這也值得高興？」

周宏瞥了魯世藩一眼，攤開右手，淡淡道：「藩世魯，大比第二輪結束，該清賭賬了。」

魯世藩之前說過，若楚凌天還能助周宏贏下賭局，他的名字就倒過來念，所以，周宏叫他藩世魯。

魯世藩聞言，臉色瞬間一黑，咬了咬牙，從儲物戒指中再次取出一個玉盒，扔給周宏。

玉盒中裝著一顆金色的妖丹，乃是四階高級妖獸金剛魔虎的妖丹，價值比之前那顆疾風魔狼妖丹更高。

周宏笑著接過玉盒，轉手遞給楚凌天。

楚凌天想要拒絕，但被周宏以同樣的藉口堵了回去，楚凌天無奈，只得收下金剛魔虎的妖丹。

魯世藩看著周宏用自己的妖丹送人情，眼中凶芒閃爍，咬牙道：「周宏，敢不敢賭第三局？」

周宏眉毛一挑，問道：「你想怎麼賭？」

魯世藩道：「第三局，咱們就賭楚淩天和範劍，誰能問鼎學宮大比的冠軍！若範劍問鼎冠軍，則我贏，若楚淩天問鼎冠軍，則你贏，賭注為三顆四階高級妖獸妖丹，如何？」

魯世藩不僅想要翻本，還想再贏周宏一顆妖丹。

周宏聞言，並沒有立刻答應，而是轉頭望向楚淩天。

他百分百信任楚淩天，如果楚淩天有信心戰勝範劍，那他就賭，但楚淩天卻搖了搖頭。

周宏見此，心中暗道：「不該給淩天這麼大的壓力的。」

按照周宏之前的想法，楚淩天能衝入學宮大比前五名，他就心滿意足了，但大比前兩輪，楚淩天的表現太過優秀，讓他誤以為楚淩天有把握問鼎冠軍，所以才會問楚淩天，要不要賭第三局。

現在看來，是他有些得意忘形了。

就在周宏準備拒絕魯世藩的賭約時，楚淩天突然開口道：「三顆四階高級妖獸妖丹太少了，要賭就賭大一點，一顆火鸞丹或同等價值的寶物，如何？」

蒼炎藥皇的傳承中，共有兩顆火鸞丹，送給上官嫣然一顆後，楚凌天手中還有一顆，正好拿來當作賭注。

聽到他的話，周宏臉上露出欣喜之色。

原來，楚凌天搖頭並不是沒有信心戰勝範劍，而是覺得賭注太小了，想要加注。

這說明，楚凌天真的有把握問鼎冠軍！

「小子，也不怕風大閃了你的舌頭。」魯世藩冷笑道：「你能拿得出火鸞丹嗎？」

火鸞丹作為五品高階丹藥，珍貴無比，就算是他，都拿不出火鸞丹，楚凌天區區一個大靈師修士，怎麼可能拿得出火鸞丹。

魯世藩的話音剛剛落下，眼瞳陡然大睜。

只見他楚凌天掌心出現一個玉盒，玉盒中盛放著一顆赤紅色的丹藥，溢散出濃郁的火屬性能量，正是火鸞丹！

高臺上，戰王看到楚凌天手中的火鸞丹，眼瞳微微一瞇，心中暗道：「此子果然得到了蒼炎藥皇的傳承！」

下一瞬，他的眼中掠過一抹冰冷的寒芒，暗道：「既然如此，此子就更留不得了！」

魯世藩見楚凌天真的拿出火鸞丹，臉上露出猶豫之色，火鸞丹價值連城，若真的和楚凌天打賭，他得掏出大半的身家才行。

雖然他對範劍充滿信心，但萬一楚凌天踩了狗屎運，拿下大比第一名，他大半的身家就沒了。

就在魯世藩猶豫之時，他的耳旁突然響起一道傳音。

「答應這場賭局，賭注本王出了！」

傳音之人，正是高臺上的戰王！

楚雲霄成為曜日學宮首席大弟子後，楚家的影響力進一步增強，並搭上了赤炎帝國的一位頂尖強者，那位頂尖強者便是戰王！

楚嘯鷹派人送給魯世藩的信，簽名處的那個私印，也來自於戰王，若沒有戰王的支持，魯世藩根本不會答應楚嘯鷹的計畫。

火鸞丹對修煉火屬性功法的修士，有著強大的功效，戰王修煉的便是火屬性功法，若能得到火鸞丹，修為必將更進一步，所以，他才會出賭注，讓魯世藩答應賭局。

聽到戰王的傳音，魯世藩立刻開口道：「這場賭局我接了！」

賭約定下後，楚淩天便去調整狀態了。

大比第二輪結束後，晉級的人有半個時辰的時間調整狀態，應對接下來的第三輪個人戰。

半個時辰後，甯王開口道：「晉級的十六人，將以抽籤的方式，兩兩對決，敗者淘汰，勝者繼續抽籤對決，直至決出第一名！」

說罷，甯王大手一揮，從儲物戒指中取出一個抽籤箱，讓楚淩天、範劍、魏超鋒等十六人，依次上前抽籤。

每人從抽籤箱中，抽出一張卡片，上面寫著數位，數位一到數位八，抽中相同數位卡片的人，便是對手。

楚淩天看了一眼抽中的卡片，上面寫的『八』，代表著他是第八組，也就是最後一組。

甯王道：「第一組出列！」

抽中數字一的兩人，來到演武場中央，其他人則退至角落觀戰，將場地讓給將要對決的兩人。

甯王見兩人就位，朗聲宣佈道：「十六強戰第一場，對決開始！」

話音落下，對決雙方同時爆發出全力，大戰在一起。

砰砰砰！一道道對轟聲響起，能夠晉級第三輪個人戰，各個實力非凡，都是各自學宮中的精英，放在外界，皆是能夠越階而戰的存在。

第一組對決的兩人，分別是星辰學宮的楊永，和明月學宮的一名真傳弟子。

楊永便是在大比第二輪中，以第十六名成績，踩線晉級第三輪個人戰的那名星辰學宮真傳弟子。

雖然他是踩線晉級的，但修為並不弱，達到了大靈師八重天後期，並且將一門玄階高級武技，修煉至小成之境，還將一門玄階中階身法武技，修煉至大成之境，實力不俗。

若是遇上同階修士，即便對方來自明月學宮，依舊有不小的勝算。

但可惜，他遇到的那名明月學宮真傳弟子，修為達到了大靈師九重天初期。

儘管楊永施展出了渾身解數，依舊不敵，在交手了數十回合後落敗。

楊永雖然敗了，但也重創了那名明月學宮真傳弟子，展現出了星辰學宮弟子的風采。

沈婉容、周宏、陳遠興皆朝著楊永投去讚揚的目光。

甯王道：「第二組出列！」

一名曜日學宮真傳弟子和一名明月學宮真傳弟子來到演武場中央，相對站立。

隨著甯王宣佈對決開始，兩人瞬間爆發大戰……

一轉眼，半個時辰過去，前七組對決，都已結束。

張晉滔強勢戰勝自己的對手，晉級八強，上官嫣然則經歷了一番苦戰，勉強戰勝對手，晉級八強。

畢竟她的修為只有大靈師七重天後期，若不是因為她的肉身強橫，氣、體合一，能爆發出大靈師九重天初期修士的戰力，根本無法贏下對決。

甯王道：「第八組出列！」

楚淩天和一名曜日學宮的真傳弟子，走來演武場中央。

楚淩天的對手名叫張定遠，出身於帝都豪族，修為達到了大靈師九重天初期巔峰，在曜日學宮十大真傳弟子中排名第五，戰力強橫。

張定遠揮動手中的戰戟，指向楚凌天，囂張無比地說道：「小子，就憑你也敢搶範師兄的風頭，真是不知死活！」

楚凌天掏了掏耳朵，一臉不耐煩地說道：「聒噪！」

張定遠聞言，勃然大怒，眼中凶芒爆閃。

隨著甯王宣佈對決開始，張定遠身形如電，揮動手中的戰戟，全力攻向楚凌天。

「虎嘯山林！」

只見戰戟之上爆發出璀璨的金芒，一隻金色猛虎虛影瞬間凝聚而出，張開血盆大口，朝著楚凌天吞去。

「雕蟲小技！」

楚凌天瞥了一眼襲來的張定遠，直接抬起右掌，朝著身前拍去。

張定遠施展出的武技，威力確實很強，足以對同階修士產生威脅，但可惜，他遇到的是楚凌天。

楚凌天已將《龍炎訣》上冊，修煉至圓滿之境，肉身境界達到了鍛體境後期巔峰，單憑肉身之力，便可碾壓普通的大靈師九重天修士！

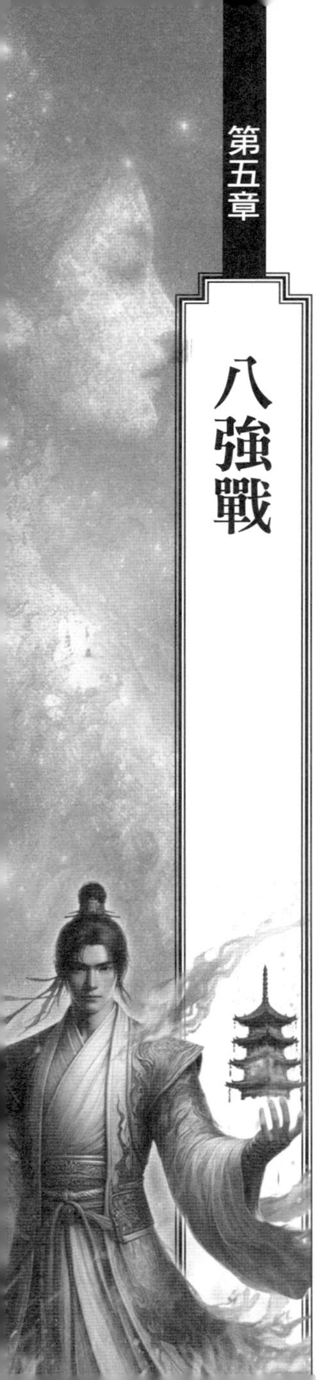

第五章

八強戰

砰！轉眼間，楚凌天的右掌便與猛虎虛影相撞。

威力強大的猛虎虛影，不僅沒有傷到楚凌天，反而被他一掌震碎，化為虛無。

楚凌天的右掌五指分開，一把抓住襲來的戰戟張定遠臉色狂變，連忙想要抽回戰戟，但楚凌天的右手，宛若鐵鉗一般，無論他怎麼用力，都無法抽回戰戟。

楚凌天感受到戰戟上傳來的力道，嘴角勾起一抹輕蔑，只見他右臂發力，直接將戰戟另一頭的張定遠強行拽了過來。

楚凌天抬起右腳，朝著拽來的張定遠踹去。

感受到這一腳的威力，張定遠眼瞳驟縮，連忙凝聚出靈氣鎧甲，進行抵擋，並且架起左臂，擋在身前。

但楚凌天的這一腳蘊含的力量，恐怖至極，張定遠凝聚出的靈氣鎧甲，猶如紙糊的一般，瞬間就被踹碎。

不僅如此，他架起的左臂，也被生生踹斷。

「啊！」

張定遠發出一聲慘叫，猶如離弦之箭，倒飛而出，狠狠砸在遠處，嘴中不斷湧出鮮血，顯然受到了重創。

毫無疑問，第八組對決的勝者是楚淩天！魯世藩和範劍看到這一幕，臉色皆陰沉下來。

兩人知道張定遠不是楚淩天的對手，但他們以為，張定遠至少能試探出楚淩天的真實實力，但沒想到，他竟然如此廢物，被楚淩天一掌一腳就解決了。

這說明，楚淩天的實力遠在張定遠之上！

十六強戰全部結束，晉級八強的人中，曜日學宮占三人，明月學宮占兩人，星辰學宮占三人。

這讓沈婉容、周宏、陳遠興高興無比，上一屆學宮大比，星辰學宮只有一人衝進了前八名，而且還是墊底的第八名。

而這屆學宮大比，星辰學宮竟然有三人衝進了前八名，在人數上與曜日學宮持平，這已是學宮大比舉辦以來，星辰學宮取得的最好成績了。

和之前一樣，對決過後，晉級的參賽者有半個時辰的時間，調整狀態。

半個時辰後，楚淩天、範劍等八人，依次上前，進行抽籤。

這一次，楚淩天抽中了數字『一』，第一組出戰。

所有人抽籤結束後，甯王朗聲道：「第一組出列！」

楚凌天邁步上前，他的對手依舊是一名曜日學宮的真傳弟子。

那人名叫陸卓，修為達到了大靈師九重天中期巔峰，在曜日學宮十大真傳弟子中，排名第三，實力僅次於楚雲霄和範劍。

對決之前，魯世藩特意囑咐陸卓，一開始就爆發所有底牌，爭取重創楚凌天。

甯王宣佈道：「八強戰第一場，對決開始！」

話音落下，陸卓遵從魯世藩的話，直接爆發出全力，大靈師九重天中期巔峰的修為被催動到了極致，恐怖的氣勢直沖雲霄。

「風影刀訣！」

陸卓暴喝一聲，只見他揮動手中的銀色長刀，瞬間幻化出數十道刀影，散發出凌厲至極的刀意，從四面八方斬向楚凌天。

《風影刀訣》乃是玄階高級武技，陸卓已將其修煉至中成之境，這一擊，就算是大靈師九重天後期修士也得小心對待。

楚凌天評價道：「威力還算湊合，但想要對我造成威脅，至少得把它修煉至圓滿之境才行。」

當然，就算陸卓把《風影刀訣》修煉至圓滿之境，也只能對他造成一絲絲威脅罷了。

說罷，楚淩天右手雙指併攏如劍，朝著身前力劈而下，施展出血炎劍訣第一式——血炎斬。

刺啦！方圓百米的火屬性靈氣，瞬間彙聚，化作一柄威勢驚天的火焰神劍虛影，攜帶滔天劍意，從半空中力斬而下。

火焰神劍虛影所過之處，所有刀影瞬間斬滅，化為虛無！

陸卓還沒有反應過來，就聽到一道破空聲響起，楚淩天猶如鬼魅一般，瞬間襲至他的面前。

陸卓臉色狂變，連忙揮動手中的銀色長刀，朝著楚淩天劈去。

楚淩天絲毫沒有躲閃的意思，直接揮動右拳，肉身力量被催動到了極致，爆發出萬斤巨力，狠狠砸向陸卓。

嘭！火星四濺，一道刺耳的金鐵交擊聲響起。

楚淩天的右拳猶如堅固的靈器一般，不僅擋住了陸卓劈來的銀色長刀，而且沒有受到絲毫傷害，反觀陸卓，手臂震顫，虎口都被震裂了，他感覺自己都快握不住長刀了。

楚凌天沒有給陸卓喘息的機會，右拳再次發力，直接震飛銀色長刀，徑直轟在陸卓的胸口。

「噗！」

陸卓喉嚨一甜，張嘴噴出一道殷紅的血柱，身體猶如斷了線的風箏，狠狠砸向遠處。

定眼望去，他的胸口凹陷，肋骨全斷，身受重傷，再無一戰之力。

這還是楚凌天留手的結果，不然剛才那一拳，可以直接洞穿陸卓的胸膛，送他上路。

甯王宣佈道：「八強戰第一場，楚凌天勝！」

看到這一結果，魯世藩的臉色愈發難看，陸卓可是曜日學宮排名第三的真傳弟子，連他都試探不出楚凌天的真實實力。

這說明，楚凌天的戰力絕對達到了大靈師九重天後期巔峰，甚至更高，這讓魯世藩心中湧起一絲不好的預感。

帝王喊道：「第二組出列！」

對決繼續進行，不一會兒，八強戰便全部結束。

星辰學宮晉級八強的三人中，只有楚凌天獲勝了，張晉滔和上官嫣然則都敗了。

對此，沈婉容、周宏、陳遠興都沒有感到意外，能進入學宮大比前八名的人，都是精英中的精英。

上官嫣然能以大靈師七重天後期的修為，衝入前八名，已經十分難得，以她的年紀、天賦，等到下一屆學宮大比時，她必定能碾壓全場。

至於張晉滔則敗的有些可惜，他遇到了明月學宮的首席大弟子魏超鋒。

若他遇到的是陸卓，或是明月學宮排名第二的真傳弟子孫虎，搏命之下，或許還有獲勝的可能，但面對大靈師九重天後期巔峰的魏超鋒，他根本不是對手。

晉級四強的名單出爐，除了楚凌天、範劍、魏超鋒之外，第四人便是孫虎，就是他在八強戰中，贏了上官嫣然。

晉級四強的人，曜日學宮只有範劍一人，這是學宮大比舉辦起來，曜日學宮成績最差的一屆！

這讓魯世藩和曜日學宮宮主的臉色，全都黑了下來。

兩人囑咐範劍，接下來的兩場對決，一定要贏得漂亮，打出曜日學宮的威風！

半個時辰後，楚凌天、範劍、魏超鋒、孫虎依次上前抽籤。

楚凌天和魏超鋒抽中了數字一，第一組出戰，範劍和孫虎抽中了數字二，第二組出戰。

範劍望向楚凌天，冷笑著說道：「希望你能戰勝魏超鋒，不然，你連與本少一戰的資格都沒有。」

楚凌天連看都沒看範劍一眼，直接掠過他，走到演武場中央。

楚凌天的無視，讓範劍眼中湧起滔天怒火，心中怒吼道：「你若是贏了魏超鋒，接下來的冠亞之戰，本少定要讓你死無葬身之地！」

甯王見楚凌天、魏超鋒都已就位，便宣佈道：「四強戰第一場，對決開始！」

魏超鋒沒有廢話，直接取出一柄紅纓槍，化作一道殘影，攻向楚凌天。

作為明月學宮首席大弟子，他的修為達到了大靈師九重天後期巔峰，並將攻擊類和身法類玄階高級武技，皆修煉至大成之境，靈王境之下，幾乎沒有人是他的對手。

「穿雲槍！」

魏超鋒手持紅纓槍，洞穿空氣，朝著楚凌天戳去，槍尖之上，爆發出凌厲寒芒，威勢駭人！

「來得好！」

楚凌天眼中露出戰意，手握天炎劍，與魏超鋒戰在一起。

魏超鋒的實力遠超於陸卓、張定遠，對付他，自然得拿出幾分實力。

轉眼間，兩人便交手了數個回合。

魏超鋒的實力雖然不錯，但楚凌天的實力更強，已將《血炎劍訣》修煉至圓滿之境的他，再加上鍛體境後期巔峰的肉身境界輔助，一直壓著魏超鋒打。

數個回合之後，魏超鋒的身上已經出現幾道血痕，而楚凌天則毫髮無損。

「不愧是敢和魯世藩長老打賭的人，實力果然強大，我的底牌本來是打算對付範劍的，但現在只能提前暴露了。」

魏超鋒誇讚了一句，話音落下，魏超鋒雙手飛速結出一個個玄奧的手印，四周的金屬性靈氣彷彿受到了致命吸引一般，瘋狂朝著紅纓槍彙聚而來。

「淬金術！」

轉眼間，紅纓槍便鍍上了一層金色，散發出淩厲至極的威勢。

仔細望去，這層金色是由密密麻麻的金色符文凝聚而成，顯得十分奇異。

「秘法！」

楚凌天眼睛微微一瞇，魏超鋒施展的《淬金術》確實是一門秘法，只不過它的作用不是提升施術者的實力，而是提升施術者所施展的金屬性武技的威力。

在淬金術的加持下，魏超鋒接下來的這一擊的威力，將提升一倍以上！

「金蛟破雲槍！」

魏超鋒暴喝一聲，手持紅纓槍，全力刺出。

「吼！」

一道震耳欲聾的龍吟聲響起，一條威勢駭人的金色蛟龍虛影，幻化而出，散發出可怕的威勢。

金色的紅纓槍化作蛟龍虛影的獨角，破開空氣，狠狠轟向楚凌天，這一擊，堪比靈王一重天初期修士的全力一擊，威力驚天！

待。

楚淩天看著蛟龍虛影破開而來，臉上露出認真之色，這一擊值得他認真對

「血炎劍訣第二式，血炎破天！」

楚淩天手持天炎劍，將其舉過頭頂，朝著身前力斬而下。

這一刻，大靈師九重天初期的修為與鍛體境後期巔峰的肉身之力，皆被他催動到了極致，氣、體合一，爆發出駭人無比的力量！

轟！隨著天炎劍的斬下，一道凶猛澎湃的火焰浪潮橫掃而出，釋放出滔天神威。

火焰浪潮所過之處，虛空震顫、空氣爆鳴，好似擁有破天之威一般！

「嘭！」

轉眼間，火焰浪潮與金色蛟龍虛影在半空中相撞，恐怖的能量餘波，席捲八方，掀起漫天煙塵。

上官炎評價道：「不愧是明月學宮和星辰學宮的首席大弟子，戰力都已經達到了靈王一重天初期，即便放眼周邊四國，都算得上是天之驕子了。」

上官嫣然聽到父親在誇讚楚淩天，臉上不禁露出一抹甜甜的笑意。

在眾人的注視下，漫天煙塵漸漸散去，一道身影筆直站立，另一道身影則躺在地上。

「獲勝的一定是凌天！」

上官嫣然一臉緊張地盯著演武場中央，不光是她和星辰學宮的人，希望楚凌天獲勝，就連魯世藩和範劍，也希望楚凌天獲勝。

因為，只有楚凌天擊敗了魏超鋒，才能晉級決賽，與範劍對上，這樣，範劍才有擊殺楚凌天的機會。

幾息後，漫天煙塵徹底散去，上官嫣然忍不住歡呼起來。

「凌天贏了！」

站立的那道身影，正是楚凌天，魏超鋒躺在地上，一道血痕直接從肩膀延伸要腰部，鮮血宛若小溪一般湧出，染紅地面。

透過血痕，甚至能夠看到森白的骨頭，十分滲人。

毫無疑問，這場對決的勝者是楚凌天！

隨著甯王宣佈楚凌天獲勝，明月學宮的宮主身形一閃，立刻來到魏超鋒身旁，給他服下一顆高階療傷丹藥。

魏超鋒的傷勢看似嚴重，但並不致命，休養一段時間就能恢復，不會留下後遺症。

這讓明月學宮的宮主鬆了一口氣，朝楚凌天投去一抹感激的目光。

魯世藩心中暗道：「剛才那一擊，應該是楚凌天的最強攻擊了吧。」

雖然那一記血炎破天，威力強橫，連魏超鋒都抵擋不住，但這若是楚凌天的最強攻擊，那他必定不是範劍的對手，但魯世藩的心中，還是隱隱有些不安。

魯世藩心中嘀咕道：「難道，楚凌天手中還有底牌沒有展露？」

這一念頭剛一湧出，便被他掐滅。

「不可能！此子連十七歲都沒有到，能修煉到如此地步，已是奇跡，怎麼可能還藏有更強的底牌。」魯世藩自我安慰道：「學宮大比的冠軍一定屬於範劍！」

想到這兒，魯世藩心中的不安，隨之消散。

甯王道：「第二組出列！」

範劍和孫虎來到演武場中央，隨即爆發大戰。

這場對決完全沒有懸念，儘管孫虎搏命一戰，但他與範劍之間的差距太大，根本不在一個級別上。

短短幾個回合，便被範劍重創，直接昏死過去。範劍出手要死楚凌天狠辣的多，孫虎受傷極重，至少要在床上躺兩三個月才能下地。

明月學宮的宮主冷哼一聲，顯然對範劍十分不滿。

四強戰結束，楚凌天和範劍晉級決賽，爭奪本屆學宮大比的冠軍。

在決賽開始之前，八強戰中落敗的人還要進行數場排名賽，確定最終的名次。

畢竟，不同的名次，獲得的分數不同，關係到三大學宮最終的排名。

孫虎受傷極重，連站都站不起來了，無法繼續參戰，所以，魏超鋒獲得第三名，孫虎獲得第四名，反正兩人都是明月學宮的弟子，誰得第三名都一樣。

張晉滔、上官嫣然、陸卓和曜日學宮的另一名真傳弟子，進行排名賽，確定了最終的排名。

在排名賽上，張晉滔爆發所有底牌，以重創的代價，艱難戰勝陸卓，獲得第五名，陸卓獲則得第六名，曜日學宮的另一名真傳弟子獲得第七名，上官嫣然獲得第八名。

至此，本屆學宮大比的第三名至第八名，都已確定。

截止目前，明月學宮的弟子已結束所有比賽，共獲得一百一十四分。

拋開還要進行決賽的楚凌天和範劍，曜日學宮目前獲得七十九分，星辰學宮獲得六十分。

大比第一名將獲得一百分，第二名則獲得六十分。

也就是說，即便楚凌天輸給範劍，獲得第二名，星辰學宮的總得分也將超過明月學宮。

若楚凌天能戰勝範劍，獲得第一名，星辰學宮的總得分超越曜日學宮，問鼎第一！

眾人的目光全都彙聚在楚凌天身上。

有人眼含期待，比如上官嫣然、周宏、沈婉容，期待楚凌天創造歷史。

有人則眼含殺意，比如範劍、魯世藩、戰王，等著楚凌天身死道消！

半個時辰後，甯王朗聲道：「楚凌天、範劍出列！」

兩人來到演武場中央，相對而立。

範劍一臉猖狂地說道：「楚凌天，你若是現在跪下求饒，本少或許會大發慈悲，讓你一會兒少受點苦。」

範劍說的少受點苦，是指少虐楚凌天一會兒，直接送其上路，並不是要放過楚凌天。

楚凌天伸手掏了掏耳朵，漠然道：「怎麼曜日學宮的人，廢話都這麼多？難道你們學宮是專門教人說廢話的？」

楚凌天的語氣輕蔑至極，讓範劍勃然大怒，眼中殺意滔天。

範劍寒聲道：「小子，你徹底惹怒本少了，後果很嚴重！」

隨著甯王宣佈對決開始，範劍手中出現一柄玄鐵重劍，用力一揮，劈出一道巨大的劍氣。

這柄玄鐵重劍，乃是頂級三品高階靈器，威力堪比弱一點四品低階靈器。

範劍雖然沒有施展武技，但這道劍氣，足以擊敗普通的大靈師九重天初期修士。

楚凌天看都沒看劍氣一眼，隨意揮動天炎劍，便將其斬滅，範劍知道劍氣奈何不了楚凌天，那只不過是他的試探攻擊罷了。

此時的範劍，已經襲至楚凌天面前，手持握著玄鐵重劍，攜帶凌厲的劍威，朝著楚凌天斬去。

鐺！楚凌天揮動天炎劍，擋住斬來的玄鐵重劍，兩股強大的劍意迸發而出，橫掃八方。

鐺鐺鐺！一連串的金屬對撞聲，隨之響起。

演武場中央火星四濺，劍威縱橫，每一次撞擊，都是劍意的比拼！若是尋常的大靈師九重天修士，早就撐不住了。

連續對撞了數次之後，楚凌天和範劍同時施展出武技。

「玄風寂滅斬！」

「血炎劍訣第一式，血炎斬！」

一道暴虐的風刃與一道火焰神劍虛影，在半空中狠狠對撞，恐怖的劍意，席捲整個演武場，

就在兩人僵持之時，範劍的左手猛地一拉，突然玄鐵重劍內拔出一柄玄鐵細劍，閃電般刺向楚凌天。

這柄玄鐵重劍竟然是有著劍中劍，拔出的那柄玄鐵細劍，同樣是頂級三品高

階靈器，威力不凡。

上官嫣然怒斥道：「卑鄙！」

若是其他人，面對範劍的突然襲擊，肯定會措手不及，難以抵擋。

但楚凌天卻沒有絲毫驚慌，只聽他冷哼一聲，肉身之力瞬間運轉到極致，直接以肉身抵擋住刺來的玄鐵細劍。

肉身境界達到鍛體境後期巔峰的楚凌天，肉身防禦力驚人，堪比三階高級妖獸。

說他是人形妖獸，一點也不為過，單憑玄鐵細劍，還破不了他的肉身防禦力。

範劍看到楚凌天單憑肉身，便擋住了玄鐵細劍，臉色微微一變，既然突襲沒有成功，那就改為正面強攻！

下一刻，範劍爆發全力，轟碎火焰神劍虛影，然後右手持玄鐵重劍，左手持玄鐵細劍，攻向楚凌天。

作為曜日學宮排名第二的真傳弟子，範劍的實力極強，雙手持劍的他，戰力瞬間暴漲了數成。

楚凌天雖然只有一柄劍，但他早已將《血炎劍訣》修煉至圓滿之境，劍術驚人，再加上他有著強悍的肉身，根本不懼範劍的雙手劍。

無論範劍的劍招角度多刁鑽、劍氣多犀利，他都能輕鬆化解。

範劍知道，單靠劍招必定無法傷到楚凌天，只能施展最強攻擊，只見範劍雙手持劍，催動體內靈力注入劍內，朝著身前同時斬下。

「寂滅風暴！」

剎那間，數十道凌厲至極的青色風刃凝聚而出，彙聚成一道可怕的劍刃風暴，朝著楚凌天席捲而去！

這道風暴散發出駭人無比的劍威，即便是靈王一重天中期強者，也抵擋不住。

看著劍刃風暴襲來，楚凌天手握天炎劍，全力施展出血炎劍訣第二式——血炎破天！

氣、體合一，恐怖的力量爆發而出，四周的火屬性靈氣，瞬間化作一道駭人的火焰浪潮，攜帶滔天劍意，與劍刃風暴狠狠相撞。

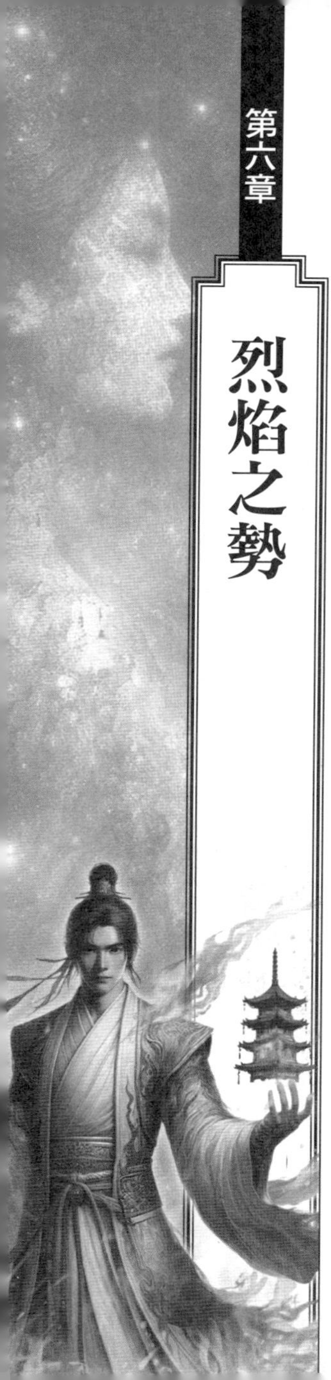

第六章 烈焰之勢

轟！一道震耳欲聾的對轟聲響起，爆發出全力的楚凌天，戰力驚天！

雖然楚凌天的修為不如範劍，但他修煉的《龍炎訣》上冊與《血炎劍訣》，比範劍修煉的功法、武技，難度更大、威力更強。

再加上，他已將《龍炎訣》上冊與《血炎劍訣》修煉至圓滿至極，能夠最大程度發揮功法、武技的威力。

而範劍只是將功法、武技，修煉至大成之境，所以，火焰浪潮的威力，比劍刃風暴更強！

兩者在半空中僵持了幾息之後，火焰浪潮漸漸占據上風，最終將劍刃風暴轟碎！

「哼！」

範劍發出一聲悶哼，嘴角溢出一抹血跡，體內受了不輕的傷。

「凌天贏了！」

上官嫣然眼中露出欣喜之色，就在她以為範劍黔驢技窮，即將落敗之時，範劍的臉上突然露出猙獰之色，眼中凶芒爆閃，猶如賭輸了的賭徒一般，怒聲咆哮。

「楚凌天，是你逼我的！」

只見範劍雙手飛速結印，玄鐵重劍、玄鐵細劍突然劇烈震顫，響起刺耳的劍鳴聲。

「鳴劍術！」

隨著一道道玄奧的手印結出，玄鐵重劍、玄鐵細劍各纏繞上一層青色的符文，爆發出可怕的劍威，直沖雲霄。

《鳴劍術》乃是高階秘術，其作用和魏超鋒施展的《淬金術》類似。

只不過淬金術提升的是，施術者所施展的金屬性武技的威力，而鳴劍術則提升的是，施術者所施展的劍類武技的威力。

並且，《鳴劍術》的作用比《淬金術》更強！

「寂滅風暴！」

範劍右手持玄鐵重劍，左手持玄鐵細劍，目光鎖定楚凌天，力斬而下。

轟！剎那間，狂風呼嘯、空氣爆鳴！

在鳴劍術的作用下，寂滅風暴的威力足足提升了兩倍，只見上百道青色風刃瞬間凝聚而出，彙聚成一道巨大的劍刃風暴，攜帶寂滅之威，朝著楚凌天轟殺而去！

這一擊的威力，足以媲美靈王一重天後期修士的全力一擊。

周宏、上官嫣然看到這一擊，臉色全都一變，而魯世藩、戰王，臉上則掠過一抹計謀得逞的笑容。

範劍故意受傷，然後發狂，是對決開始前，商量好的計謀，為的就是趁機施展秘術，爆發最強攻擊，一舉斬殺楚凌天！

但魯世藩和戰王並不知道，範劍受傷並不是偽裝的，剛才的對決中，他確實不是楚凌天的對手。

就在魯世藩、戰王以為勝券在握之時，楚凌天眼中綻放冷電，寒聲道：「你以為只有你會秘法嗎？」

楚凌天從範劍的目光中，感受到了冰冷的殺意，既然範劍想要殺他，那他自然不會對其心慈手軟，

只見楚凌天雙手宛若車輪，飛速結出數個手印。

「蒼炎燃血術！」

一道道血色符文，瞬間佈滿全身。

楚凌天的雙瞳連同頭髮，全都變成了赤紅色，身上迸發出駭人的氣勢，修為直接從大靈師九重天初期，拔升至靈王一重天初期！

整整拔升至一個大境界，並且打破了境界壁壘，達到了靈王境！

雖然楚凌天是靠秘法，強行將修為拔升到靈王一重天初期的，但此時的他，卻是實打實的靈王境強者，能夠勉強引動一絲天地之勢！

靈王一重天初期與大靈師九重天後期，雖然只有一步之遙，但二者卻天差地別。

大靈師九重天後期修士只能在中、小城池內稱雄，而靈王一重天初期修士放眼整個帝國，都可以稱之為高手！

這是因為，修士一旦踏入靈王境，便可溝通天地，動用天地之勢，這也是為什麼，靈王境修士可以御空飛行的原因。

「血炎劍訣第二式——血炎破天！」

施展完《蒼炎燃血術》後，楚凌天手握天炎劍，將修為、肉身之力催動到了極致，朝著身前全力劈下。

轟！隨著天炎劍斬下，虛空劇烈震盪，方圓數百米內的火屬性天地靈氣，瘋狂彙聚而來。

眨眼間，便化作一道巨大的火焰海嘯！彌漫出可怕至極的火焰神威，四周的溫度，瞬間拔升至了上百度！

「這是低級天地之勢——烈焰之勢！」

魯世藩雙眼大睜，失聲大喊。

天地之勢也是有著等級之分的，資質普通的靈王境強者，只能領悟低級天地之勢，比如烈焰之勢、清風之勢、弱水之勢等等……

資質卓越的靈王境強者，則能領悟中階天地之勢，比如，地火之勢、風暴之勢、江河之勢等等……

至於高級天地之勢和頂級天地之勢，只有靈皇境強者才能領悟。

火焰海潮引動的烈焰之勢，雖說只是低級天地之勢，但其威力，在所有低級天地之勢中都是排名前列的。

按照正常情況，楚淩天靠著秘法，將修為強行拔升至靈王一重天初期，只能勉強引動一絲最弱的低級天地之勢，但他卻引動了威力極強的烈焰之勢。

這讓魯世藩震驚無比，不光是他，戰王、甯王、周宏等人，同樣十分震驚。

要知道，即便是周川，也只是剛剛掌握了一種普通的低級天地之勢『火山之勢』罷了，威力遠不如烈焰之勢。

按照周宏的判斷，楚凌天展現出的實力，已經超過了周川！

楚凌天之所以能引動烈焰之勢，這是因為，他將《龍炎訣》上冊修煉至圓滿之境。

完整版的《龍炎訣》，乃是最頂級的地階高級功法，威力極強，堪比普通的天階低級功法。

楚凌天雖然只修煉了《龍炎訣》上冊，但足以讓他引動威力極強的低級天地之勢，等他踏入靈王境，修煉《龍炎訣》中冊後，必定能快速領悟中級天地之勢！

在眾人震驚的目光中，攜帶烈焰之勢的火焰海嘯，與巨型劍刃風暴狠狠相撞。

嘭！恐怖的能量餘波，橫掃八方，掀起漫天煙塵。

雖然範劍催動鳴劍術，全力施展出的寂滅風暴，威力堪比靈王一重天後期修士的全力一擊，但他的攻擊中，缺少著天地之勢的加持，根本不是火焰海嘯的對手。

短短幾息的時間，劍刃風暴便開始瓦解，火焰海嘯以摧枯拉朽之勢，朝著範劍席捲而去。

「啊！」

一道淒厲的慘叫聲響起，範劍猶如斷了線的風箏一般，從漫天煙塵中倒飛而出，狠狠砸在演武場的牆壁上。

定眼望去，範劍渾身骨骼盡碎、雙瞳渙散，已經斷氣了。

眾人看著範劍的屍體，久久無法回過神兒來，尤其是魯世藩和戰王，根本無法接受這一結果。

兩人本以為施展出《鳴劍術》的範劍，必定能斬殺楚凌天，卻沒想到，被最終被斬殺的人竟然是範劍。

要知道，範劍的死亡，意味著楚凌天勝利，問鼎個人戰第一名，將獲得一百分。

有了這一百分，星辰學宮的總積分達到了一百六十分，反超曜日學宮，第一次獲得學宮大比的第一名，將獲得一千萬兩黃金的修煉資源，創造了歷史！

而且，楚淩天獲勝，也代表著他與魯世藩之間的賭約，他贏了！

魯世藩需要拿出火鸞丹，或與火鸞丹價值相等的寶物。

當然，輸得賭注戰王後面會補償給魯世藩，最重要的是，錯失了這次滅殺楚淩天的機會。

大靈師九重天初期的楚淩天，戰力便如此驚人，若讓他真的成長起來，那還了得？

戰王眼中寒芒爆閃、殺機凜然。

「蒼炎燃血術乃是蒼炎藥皇的成名絕技之一，楚淩天既然能施展出它，證明他真的得到了蒼炎藥皇的傳承！未來極有可能成為楚雲霄的頭號大敵，必須將他扼殺在搖籃中才行！」

想到這兒，戰王嘴巴微動，向魯世藩和曜日學宮宮主傳音。

聽到戰王的傳音後，兩人猶豫了一下，然後同時下定決心，只聽魯世藩怒吼一聲。

「楚淩天，你竟敢在學宮大比中下殺手，殺害我曜日學宮的天才弟子，罪該萬死！」

靈皇一重天初期的威勢轟然爆發，魯世藩化作一道人形閃電，朝著楚凌天暴衝而去，欲要一擊抹殺楚凌天！

「魯世藩，你敢！」

周宏怒喝一聲，連忙出手攔截，就在這時，曜日學宮宮主身形一閃，出現在周宏面前。

身為曜日學宮的宮主，他的實力比魯世藩更強，達到了靈皇三重天初期，他之所以閃身出現在周宏面前，不光是為了擋住周宏，更是為了擋住沈婉容。

曜日學宮宮主冷聲道：「範劍乃是我曜日學宮的天才弟子，是我曜日學宮未來的希望！楚凌天必須為自己的所作所為，付出代價！」

沈婉容臉色瞬間冰冷下來，她的修為只有靈皇二重天初期，比曜日學宮宮主低一個大境界，有他阻攔，她和周宏、陳遠興，根本無法救援楚凌天。

就在這時，一道身影出現在楚凌天面前，擋住了魯世藩的攻擊。

出手之人乃是甯王，雖然甯王剛剛突破靈皇一重天初期，但他的實力隱隱超過了魯世藩。

戰王見此，臉色微微一沉，開口道：「楚凌天破壞規則，殺害曜日學宮天驕，理應處死，甯王身為學宮大比的裁判，竟然出手幫助楚凌天，怕是不合規矩吧？」

甯王淡淡道：「王叔此言差矣，本王身為學宮大比的裁判，自然要保證比賽的公平、公正，在剛才的對決中，範劍明顯對楚凌天動了殺心，楚凌天為了自保，將其擊殺，合情合理。」

戰王冷哼道：「本王怎麼沒有看出範劍動了殺心，在施展最後一擊前，他明顯不敵楚凌天，為了戰勝楚凌天，動用威力強大的秘法，有錯嗎？」

魯世藩附和道：「戰王說得對，範劍只是想獲得對決的勝利罷了，而楚凌天卻痛下殺手，直接要了他的命，這件事，必須給我曜日學宮以及範劍一個交代！」

聽著戰王和魯世藩一唱一和，甯王便明白過來，戰王也想要楚凌天的命。

甯王心中千轉，結合楚雲霄的相關資訊，瞬間將整件事情的前因後果聯繫了起來。

甯王開口道：「既然咱們三人對範劍動殺心一事有異議，不如讓在場的靈皇境強者舉手表決，若認為範劍沒有動殺心的人多，那楚凌天便要受到嚴懲！」

上官嫣然聞言，臉上頓時露出擔憂之色，叫道：「王叔！」

甯王給了上官嫣然一個放心的眼神，繼續說道：「若認為範劍動了殺心的人多，那楚凌天便不用受到責罰，如何？」

戰王聽到甯王的提議，眼睛微微一瞇，道：「好！」

曜日學宮擁有兩名靈皇境強者，人數占有優勢，舉手表決的話，勝算極大。

見戰王答應，甯王朗聲道：「認為範劍動了殺心的人舉手。」

說罷，甯王率先舉手，緊接著，沈婉容舉起右手，禁軍統領為人剛正不阿，也緩緩抬起右手。

戰王輕蔑一笑，對於禁軍統領的舉動，並沒有感到意外。

就算加上禁軍統領，甯王一方也只有三名靈皇境強者，而他這一方，除了他之外，還有魯世藩、曜日學宮宮主、明月學宮宮主，共四名靈皇境強者。

雖然明月學宮宮主對範劍之前重傷孫虎之事，心懷不滿，但明月學宮與曜日學宮關係緊密，再加上戰王的影響，明月學宮宮主必定會站在戰王一方。

「認為範劍沒有動殺心的人舉……」

戰王話還沒有說完，上官炎突然打斷他，道：「朕也認為範劍動了殺心。」

說著，上官炎舉起了右手，作為蒼炎帝國的皇帝，上官炎同樣也是一名靈皇境強者，他的修為比戰王更強，皆達到了靈皇四重天初期！

只不過，上官炎一般不會插手臣子們的爭辯，所以，戰王並沒有將其算在內。

上官炎突然開口，立刻打亂了戰王的計畫。

隨著上官炎將目光投向明月學宮宮主，明月學宮宮主立刻感受到了巨大的壓力。

明月學宮宮主沒有絲毫猶豫，果斷舉起右手，道：「我也認為範劍動了殺心。」

戰王雖然權勢滔天，但上官炎才是赤炎帝國的皇帝，連上官炎都開口力挺楚凌天了，明月學宮宮主別無選擇，只能跟著上官炎舉起右手。

隨著上官炎和明月學宮宮主的舉手，甯王一方足足有五名靈皇境強者。

因此，範劍被認定為動了殺心，楚凌天在對決中擊殺範劍，合情合情，不會受到任何責罰。

戰王臉色陰沉地彷彿能滴出水來，很顯然，他被甯王擺了一道。

只得收手。

「哼！」

戰王冷哼一聲，帶著滿腔的怒火，拂袖離去，魯世藩和曜日學宮宮主見此，

「本屆學宮大比，曜日學宮共獲得一百三十九分，明月學宮共獲得一百一十四分，星辰學宮共獲得一百六十分，朕宣佈，星辰學宮獲得本屆學宮大比的第一名！曜日學宮第二名！明月學宮第三名！」

上官炎朗充滿威嚴的聲音，響徹整座演武場。

他的話音落下，星辰學宮的弟子們立刻歡呼起來，衝到楚淩天面前，將他抬起，一遍又一遍地拋到空中。

一邊拋，一邊大喊：「大師兄威武！大師兄威武！」

他們已經從心底，徹底認可了楚淩天這個大師兄，沈婉容、周宏看到這一幕，臉上皆露出欣慰的笑容，星辰學宮後繼有人！

有楚淩天在，星辰學宮必將強勢崛起，一步步超越明月學宮、曜日學宮，成為三大學宮之首！

接下來，上官炎親自為個人戰前八名頒獎。

皇室的獎勵簡單、粗暴，直接給錢，需要什麼修煉資源，自己去買。

第八名至第二名，分別獲得了三萬兩金票至三十萬兩金票的獎勵。

因為範劍已經身死，他的獎勵將送至範家，算是給範家的一些補償。

楚凌天作為個人戰第一名，則獲得了五十萬兩金票，加上之前賣給甯王破皇丹，得到的一百萬兩金票。

楚凌天手中共有一百五十萬兩金票，相當於一億五千萬兩銀票，再加上他手中還有蒼炎藥皇留下的眾多寶物，放眼整個赤炎帝國，他的財力都足以排在前列了，足夠他用到靈王九重天了。

除了金票外，前三名還得到了一塊赤紅色的玉牌，上面龍飛鳳舞地刻著『赤炎』二字。

憑藉這塊赤炎令，可進入赤炎池，獲得一次炎能淬體的機會。

因為範劍身死，屬於他的那塊赤炎令，給了排名第六的陸卓，算是給曜日學宮的補償。

個人戰前八名頒獎結束後，上官炎緊接著為三大學宮進行頒獎。

星辰學宮作為總積分第一，獲得了價值一千萬兩黃金的修煉資源，曜日學宮作為總積分第二，獲得了價值五百萬兩黃金的修煉資源，明月學宮作為總積分第三，獲得了價值兩百萬兩的修煉資源。

頒獎結束後，上官炎宣佈道：「本屆學宮大比，到此結束！」

就在魯世藩準備帶著曜日學宮弟子離去時，楚凌天淡淡開口道：「魯長老是不是忘記了什麼事啊。」

魯世藩聞言，臉上頓時一沉，他咬了咬牙，拿出大半的身家，包括兩柄四品高階靈器、數瓶丹藥、數株五品藥材，才湊夠了賭注，擺在楚凌天面前。

「這筆帳本長老記住了，來日定當百倍償還！」

撂下一句狠話後，魯世藩帶著曜日學宮弟子，怒氣沖沖地離去。

曜日學宮宮主則陪陸卓則留了下來，準備前往赤炎池，進行炎能淬體。

楚凌天絲毫沒有將魯世藩的威脅放在心上，大袖一揮，直接將所有賭注收入儲物玉佩。

明月學宮宮主陪魏超鋒留了下來，其他弟子則跟著大長老、二長老離去。

星辰學宮這邊，沈婉容陪楚凌天留了下來，其他弟子跟著周宏、陳遠興離去。

上官炎的目光，緩緩掃過楚淩天、魏超鋒、陸卓，道：「你們三人皆是我赤炎帝國的天之驕子，希望你們能珍惜這次炎能淬體的機會，好好提升實力，爭取在五國會盟上，為我赤炎帝國爭光。」

五國會盟乃是赤炎帝國和周邊四國聯合舉辦的重要比賽，這場比賽，不僅關係到各國的榮辱，還關係到參賽者的未來！

赤炎帝國三大機緣中，除了蒼炎洞府與赤炎池之外，五國會盟便是第三個機緣，同時也是最大的機緣！

歷屆五國會盟的冠軍，未來成就都不可限量，至少能成為靈皇五重天以上的強者，甚至有希望成為靈宗境的超級強者！

只有學宮大比個人戰的前八名，才有資格代表赤炎帝國參加五國會盟。

上官炎深深看了楚淩天一眼，似乎在說，小子，想要成為我女婿，還得更優秀才行。

說罷，上官炎便帶著禁軍轉身離去，甯王帶著楚淩天等人，前往赤炎池。

赤炎池作為修煉聖地，就在皇宮地下，入口處位於皇宮內深處，不僅有著重兵把守，還有一名靈皇境強者鎮守，其實力不在禁軍統領之下。

甯王帶著楚凌天等人來到入口處，鎮守長老核驗過楚凌天、魏超鋒、陸卓的赤炎令之後，雙手結印，大喝一聲。

「開！」

虛空陡然蕩起層層空間波瀾，一道赤色護罩出現在眾人眼前，隨著鎮守長老的數道手印結出，赤色護罩上出現一個巨大的缺口。

「進！」

鎮守長老帶著甯王、楚凌天等人進入陣法，在鎮守長老的帶領下，七人來到地下，一座赤色的水池映入眼簾。

水池的中央，屹立著一根一米高的赤色水晶柱，散發著淡淡的赤色光暈，奇異無比。

陸卓深呼吸一口氣，滿臉震驚地說道：「好濃郁的火屬性靈氣！」

這裡的火屬性靈氣比外界濃郁十倍以上，若能在這裡長期修煉，修為必定突飛猛進。

鎮守長老開口道：「你們三人走進水池，盤腿坐下。」

楚凌天、魏超鋒、陸卓聞言，立刻走進水池坐下，水池內水溫度適宜，猶如在泡溫泉一般，讓人十分舒服。

「待會兒，我會引動水晶柱內的炎能，進入你們三人體內，進行淬體。」鎮守長老囑咐道：「炎能淬體雖然好處無窮，但也有著危險，一旦你們感覺身體堅持不住，便要立刻結束淬體，否則，熾熱的炎能將灼傷你們的身體，甚至廢了你們！」

第七章

北斗聖宗

楚凌天、魏超鋒、陸卓皆點了點頭，表示明白。

鎮守長老見此，便不再多言，只見他運轉靈力，引動水晶柱內炎能，化作三股赤色能量，注入楚凌天三人的體內。

赤炎池乃是天然孕育而出的修煉聖地，最為珍貴的便是池中央那根赤色水晶柱。

它孕育出的炎能，蘊含著極為龐大的能量，不僅能讓修士突破修為，還可以為其洗筋伐髓，提升肉身境界，只不過，炎能的孕育速度極為緩慢，每屆學宮大比，只有三四人能夠進行炎能淬體。

上官嫣然若不是因為身分尊貴，根本沒有資格進行炎能淬體。

「哼！」

隨著赤色的炎能，進入楚凌天三人的體內，三人同時發出一聲悶哼，臉色瞬間漲紅，感覺體內湧入一股熾熱的岩漿一般，十分痛苦。

楚凌天三人全力運轉功法，吸收炎能的能量，雖然過程痛苦，但好處極為驚人。

楚凌天三人清楚地感受到，自己的修為、肉身境界，都在以肉眼可見的速度，飛速提升。

此時，戰王府，偌大的書房內，除了戰王之外，還有一道身影，正是曜日學宮大長老——魯世藩。

戰王大袖一揮，從儲物戒指中取出一柄鋒銳無比的戰刀，定眼望去，刀身之上刻著一隻張牙舞爪的猛虎，散發出陣陣煞氣。

戰王道：「此刀名為虎皇刀，足以彌補你輸掉的賭注。」

魯世藩抱了抱拳，眼中掠過一抹激動，道：「多謝王爺！」

雖然魯世藩的修為達到了靈皇一重天初期，但所用的靈器，還是四品高階靈器。

戰王拿出的虎皇刀，乃是一件頂級五品低階靈器，威力驚人，有了虎皇刀，他的戰力至少提升三成，瞬間超越甯王。

戰王淡淡道：「這柄虎皇刀不僅僅是彌補你的賭注，也算是對你的獎勵，雲霄日後與曉月成婚，你也算是媒人了。」

他口中的曉月，名為上官曉月，是他的獨生女兒，如今是曜日學宮的內門弟子。

楚雲霄和上官曉月在魯世藩的撮合下，已經在一起了，只不過還沒有公開。

對於楚雲霄這個未來女婿，戰王十分滿意，所以才會同意楚嘯鷹的計畫，想要在學宮大比中除掉楚凌天。

「楚雲霄與曉月郡主乃是天作之合，就算沒有我的撮合，兩人也會走到一起。」魯世藩恭維道：「如今，楚雲霄得到了那位大人物的賞識，賜下重寶，即將突破至靈王境，五國會盟時，必能問鼎第一，以無敵之姿進入玉衡峰！」

戰王聞言，臉上露出一抹笑意，道：「那位大人物已經提前將雲霄收入玉衡峰，並承諾，若雲霄能取得五國會盟的第一名，將直接授予他三星弟子的身分！」

魯世藩神色一驚，眼中露出羨慕之色。

赤炎帝國雖然疆域遼闊，但放眼整個九州大陸，只不過是青玄州北域的一個普通帝國罷了。

赤炎帝國與周邊四國，合稱為北域五國，占據著青玄州的北部疆域，而青玄州的南部疆域，則由另外七個帝國占據，合稱為南域七國，但不論是北域五國還是南域七國，都不是青玄州真正的霸主。

青玄州最強大的勢力，名為北斗聖宗！

它實力超凡，放眼整個九州大陸，都是一流勢力，凌駕於十二帝國之上，毫不誇張地說，十二帝國皇位的更替，都由北斗聖宗說了算。

靈皇一重天的強者放在十二帝國內，便算是頂尖強者，可以橫行無忌了，但放在北斗聖宗內，不過是普通高手罷了。

在北斗聖宗內，只有靈皇七重天以上的人，才有資格稱之為強者！

北斗聖宗內，有七個分支勢力，分別是天樞峰、天璿峰、天璣峰、天權峰、玉衡峰、開陽峰、搖光峰。

七峰之間互有競爭，哪一峰的實力強大，哪一峰便是主峰，可以號令其他六峰。

七峰中，天樞峰、天璿峰、天璣峰、天權峰，坐鎮南域，玉衡峰、開陽峰、搖光峰，坐鎮北域。

戰王口中所說的那位大人物，便是玉衡峰的一位長老，實力強大，手握重權，在北域五國有著極大的影響力。

楚雲霄能得到他的青睞，未來必定一片坦途。

要知道，在北斗聖宗內，弟子的等級分為七級，由低到高分別是一星弟子、二星弟子……七星弟子。

正常情況下，剛加入北斗聖宗的弟子，都是最低等的一星弟子，只有個別天驕，能夠成為二星弟子。

而那位大人物卻承諾，可以直接授予楚雲霄三星弟子的身分，可見對其重視無比。

只要楚雲霄能拿到五國會盟的第一名，以無敵之姿加入玉衡峰，有那位大人物的扶持，楚雲霄必定能以最短的時間，在玉衡峰出頭。

到那時，楚家將一躍成為北域五國頂尖家族！

不僅如此，戰王作為楚雲霄未來的岳父，也將獲得無窮好處，到那時，就算戰王想要取代上官炎，坐上皇帝寶座，也輕而易舉！

「為了雲霄的未來，楚凌天必須儘快剷除！」

戰王的臉色瞬間陰冷下來，眼中寒芒爆閃。

楚凌天在學宮大比上的表現，讓戰王感受到了一抹威脅，若不能儘快將其剷除，日後必成楚雲霄的心腹大患！

魯世藩眼珠子一轉，立刻計上心來，低聲道：「王爺，楚凌天與楚家有著生死之仇，咱們可以這樣做……」

聽完魯世藩的計畫，戰王眉毛一掀，點頭道：「就按你的計畫行事，此事若成，本王重重有賞！」

魯世藩信心滿滿地說道：「王爺放心，這一次，楚凌天必死無疑！」

另一邊，赤炎池內，楚凌天、魏超鋒、陸卓全力吸收炎能的能量，在一道道痛苦的悶哼聲中，時間飛速流逝。

一轉眼，一天時間過去，臉色漲紅的陸卓，突然發出一聲慘叫，膚色由紅變紫，體溫飛速上升。

站在池邊的鎮守長老和曜日學宮宮主，臉色微變，連忙出手，將陸卓拉出赤炎池，並催動靈力壓制住陸卓體內，正在瘋狂肆虐的炎能。

陸卓之所以會如此，便是因為身體到達了極限，承受不了炎能的能量，被其灼傷。

片刻後，陸卓的膚色逐漸恢復正常，體內肆虐的炎能，被鎮守長老與曜日學宮宮主聯手壓制，然後逼出體外。

雖然他的內臟遭受到了一定的灼傷，但因為鎮守長老與曜日學宮宮主出手及時，並未傷及根本，休養一段時間，即可痊癒。

鎮守長老瞥了一眼閉目養傷的陸卓，淡淡評價道：「在炎能淬體下，堅持了一天時間，勉強達到了及格水準。」

炎能淬體對修士有著極大的好處，可以突破修為、洗精伐髓、增強肉身。

在炎能淬體下，堅持的時間越久，獲得的好處就越大，往屆學宮大比的前三名，大都能堅持一天半到兩天時間，陸卓的表現，只能算是勉強及格。

雖然陸卓只堅持了一天時間，但依舊獲得了驚人的好處。

他的修為從大靈師九重天中期巔峰，突破至大靈師九重天後期，肉身境界更是直接提升至鍛體境後期！

要知道，陸卓可是從來沒有修煉過煉體功法，在炎能淬體下，他肉身境界直接跨越了鍛體境初期、鍛體境中期，直接達到了鍛體境後期。

雖然只是堪堪達到鍛體境後期，單憑肉身之力，只能碾壓普通的大靈師一重天修士，但也足夠驚人了。

經過炎能淬體，陸卓的潛力大大增強，最多兩年，必能踏入靈王境，成為一方強者！

曜日學宮宮主雖然對陸卓的收穫，十分滿意，但心中還是掠過一抹惋惜，若範劍沒死，在炎能淬體下，必定能直接踏入靈王一重天。

眾人的目光投向赤炎池中的楚凌天、魏超鋒，想要看看兩人誰堅持的更久。

八個時辰後，一道暴喝陡然響起。

「給我破！」

只見雙目緊閉的魏超鋒，驀然睜開雙眸，渾身氣勢暴漲數倍，瞬間攀升至最巔峰。

魏超鋒一邊拼命吸收炎能的能量，一邊全力運轉功法，朝著境界壁壘發起衝擊。

轟轟轟！在不斷的衝擊下，堅固的境界壁壘出現道道裂紋，最終抵擋不住，轟然破碎。

魏超鋒的氣勢再次暴漲，修為突破至靈王一重天初期！

「從現在起，我便是靈王境強者了！」

魏超鋒心中豪氣萬丈，但他並沒有高興太久，因為下一刻，恐怖的炎能便在他的體內爆發。

他在炎能淬體下，已經堅持了一天又八個時辰，已經到了身體所能承受的極限，再也堅持不下去。

魏超鋒臉色一變，連忙起身，離開赤炎池，在鎮守長老與明月學宮宮主的幫助下，將其體內肆虐的炎能逼出體外。

此時，赤炎池內只剩下楚凌天一人。

眾人對此雖然早有預料，但心中還是忍不住感慨道：「楚凌天不愧是學宮大比的第一名，果然堅持的時間最久。」

臉色蒼白的陸卓，酸溜溜地說道：「歷屆學宮大比的第一名，都能堅持兩天左右，楚凌天這才堅持了一天又八個時辰而已，說不定下一刻就堅持不住了。」

雖然陸卓想的很美，但現實卻給了他一記響亮的耳光。

四個時辰轉瞬而逝，楚凌天面色雖然漲紅，但氣息平穩，絲毫沒有堅持不住的意思。

一轉眼，又過去六個時辰，楚凌天已在炎能淬體下，堅持了兩天半的時間。

鎮守長老眼眸大亮，露出贊許之色，道：「此子即將追平歷屆學宮大比前三名，進行炎能淬體的最高紀錄。」

最高紀錄是由曜日學宮的一名天驕創下，時間是兩天又七個時辰，那名天驕已成為靈皇境強者，實力強橫，名揚北域五國。

在眾人的注視下，一個時辰轉眼過去，楚凌天成功追平紀錄，不僅如此，他的氣息依舊平穩，還在繼續堅持。

一個時辰、兩個時辰、三個時辰……

眾人本以為楚凌天在破了紀錄後，很快就會堅持不住，但誰也沒想到，楚凌天又堅持了足足一天，將紀錄從兩天又七個時辰，提升至三天又七個時辰！

沈婉容的臉色已經從震驚到驚駭，再到擔憂。

炎能蘊含的能量極為龐大，楚凌天能堅持這麼久的時間，簡直駭人聽聞，她擔心楚凌天的身體是不是出現了問題……

就在她猶豫，要不要出手查看時，楚凌天驀然睜開雙眼，發出一聲驚天咆哮。

「破！」

一股凶悍的氣勢，從其體內轟然爆發，橫掃八方。

此時的楚凌天，渾身肌肉隆起，青筋猶如一條條虬龍，佈滿在肌肉之上，充滿力量美感。

他的體表下，蘊藏著恐怖的力量，散發出可怕的血氣，宛若一頭人形妖獸一般！

楚凌天也到了突破邊緣，正在衝擊境界壁壘，只不過和魏超鋒不一樣的是，他突破的不是靈王境，而是肉身境界的淬體境！

在炎能淬體下，楚凌天的肉身境界不斷提升，終於達到了突破的邊緣。

楚凌天全力運轉《龍炎訣》上冊，調動肉身之力，並催動炎能的能量，彙聚成一條洶湧澎湃的能量河流，朝著境界壁壘發起衝擊！

嘭嘭嘭！楚凌天的體內傳出一道道低沉的轟鳴聲，連續衝擊了數十次後，楚凌天終於衝破境界壁壘，突破至淬體境初期！

楚凌天的肉身力量瞬間暴漲數倍，毫不誇張地說，如今的他，單憑肉身之力便足以吊打魏超鋒。

在炎能淬體下，堅持了三天又七個時辰，楚凌天的收穫自然不止是肉身境界突破，他的修為也從大靈師九重天初期，提升至大靈師九重天後期，替他省下十數年苦修的時間。

如今的楚凌天，實力比之前提升了十倍以上！即便不動用《蒼炎燃血訣》，都能夠碾壓靈王一重天中期，乃至後期的修士，若是爆發全力，就算是靈王二重天修士，都不是他的對手！

完成突破後，楚凌天立刻離開赤炎池，他的身體也已經到了極限，來到赤炎池外，鎮守長老與沈婉容聯手，將其體內的炎能逼出體外。

「此子必定前途無量！」

鎮守長老望向楚凌天的目光充滿讚賞，他剛剛替楚凌天驅逐體內的炎能時，感受到楚凌天肉身的強悍，以及體內靈力的雄厚。

他斷定，以楚凌天的潛力，未來定能突破靈皇境，甚至有希望突破靈宗境！

作為赤炎池的鎮守長老，看到赤炎帝國的後輩越來越強，他十分欣慰，畢竟後輩越強，赤炎帝國就越強。

鎮守長老收回目光，淡淡道：「炎能淬體結束，各位可以離開了。」

楚凌天、魏超鋒和陸卓朝著鎮守長老抱了抱拳，與三大宮主離開赤炎池，至此，學宮大比徹底落下帷幕。

離開皇宮後，沈婉容帶著楚凌天，與周宏等人匯合，然後返回星辰學宮。

當眾人回到星辰學宮時，所有長老、弟子都聚集在山腳下的廣場上，眼中滿含期待。

雖然星辰學宮獲得大比第一名的消息，早已傳了回來，但眾長老、弟子都感到不敢置信，想要親耳聽到沈婉容證實這一消息。

看著眾長老、弟子的神情，沈婉容微微一笑，開口道：「本屆學宮大比，我星辰學宮獲得總積分第一！首席大弟子楚凌天，獲得個人戰第一！」

所有長老、弟子聞言，全都歡呼起來，每個人臉上都露出激動之色。

自從皇室舉辦學宮大比以來，星辰學宮每次都是倒數第一，這一次終於揚眉吐氣，將曜日學宮、明月學宮壓了下去，問鼎第一！

而且還是總積分第一、個人戰第一，雙第一！

歡呼聲久久不散，直到沈婉容抬起手，朝著虛空按了按，眾人才安靜下來。

「本屆學宮大比，我星辰學宮派出的弟子，皆有著優異的表現，尤其是楚凌天、張晉滔、上官嫣然！」

沈婉容的聲音雖然不大，但卻清晰地迴蕩在眾人的耳旁。

「上官嫣然獲得個人戰第八名，獎勵八千學分、一件三品高階靈器、一部玄階高級武技！張晉滔獲得個人戰第五名，獎勵一萬五千學分、一件三品高階靈器、一部玄階高級武技！」

「楚凌天獲得個人戰第一名，獎勵五萬學分、一件四品中階靈器、一部地階低級武技！通過大比第一輪的弟子，獎勵三千學分、一件三品低階靈器，剩下的弟子，皆獎勵一千學分。」

星辰學宮剛剛得到了皇室獎勵，價值一千萬兩黃金的修煉資源，財大氣粗，所以，沈婉容將之前承諾的獎勵，全都提高了數成，甚至連沒有通過學宮大比第一輪的弟子，都獎勵了一千學分。

並且，獎勵給上官嫣然、張晉滔、楚凌天的靈器、武技，也不是直接賜予，而是由他們去學分堂挑選。

楚凌天、張晉滔等人雙手抱拳，異口同聲地喊道：「感謝宮主！」

加上獎勵的五萬學分，楚凌天現在共有五萬六千五百零五學分，足夠他去學分堂，再挑選一部地階低級武技了。

楚凌天早已將《血炎劍訣》和《星火步》修煉至圓滿之境，自身實力更是堪比靈王二重天的強者，該將攻擊武技和身法武技，更換成地階低級武技了。

沈婉容道：「希望其他弟子以楚凌天等人為榜樣，努力修煉、提升實力，為我星辰學宮爭光！」

所有長老、弟子，異口同聲道：「是！」

沈婉容滿意地點了點頭，飛身離去。

宮主離去後，眾長老、弟子一擁而上，將楚凌天等參賽弟子圍了起來，發出陣陣歡呼，每個人都興奮無比。

周川、李延鶴、孫長老等人，看著被眾弟子當成偶像的楚凌天，發出一聲聲感慨。

孫長老道：「沒想到，楚凌天才加入學宮半年多，實力就達到了如此地步。」

周川搖了搖頭，道：「本以為，小師弟還要幾年才能追上我，誰知，一轉眼他已經超越了我。」

李延鶴笑道：「讓楚凌天加入學宮，是我這輩子做出的最正確的決定！」

晚上，星辰學宮舉辦了盛大的宴席，進行慶祝，宴席一直持續到凌晨才結束。

第二天早上，楚凌天起床後，來到山峰區域的學分堂。

這還是楚凌天晉升為首席大弟子後，第一次來山峰區域的學分堂，和山腰區域、山腳區域的學分堂不同，山峰區域的學分堂只有一層。

楚凌天掃了一眼學分兌換清單，心中頓時一驚。

學分兌換清單上，不僅有四品靈器、四品丹藥，地階低階功法、武技等，甚至還有地階高級武技、五品丹藥，只不過價格昂貴至極，需要數十萬學分，並且只有寥寥數件。

楚凌天看著學分兌換清單，思索了片刻後，最終決定兌換四品中階靈器『火元劍』，地階低階武技《天火九劍》、《流火步》。

其中，火元劍與《天火九劍》是獲得學宮大比個人戰第一名的獎勵，《流火步》則是花費了五萬六千學分，兌換的身法類武技。

楚凌天若能將這兩部地階低級武技，修煉至初入之境，戰力將提升數倍，即便他的修為沒有踏入靈王境，也可以碾壓靈王三重天修士！

從學分堂走出來後，楚凌天並沒有返回宅院，而是離開星辰學宮，前往繁星城珍寶閣。

方濤讓他學宮大比後，去一趟珍寶閣，說有大機緣相送，楚凌天想去看看，方濤口中的大機緣，到底是什麼。

楚凌天剛一來到珍寶閣，方濤便笑容滿面地迎了過來。

「恭喜楚公子，力壓一眾天才，問鼎學宮大比個人戰第一名！」

珍寶閣作為赤炎帝國第一商行，消息十分靈通，學宮大比一結束，便知道了大比結果。

方濤收到楚凌天問鼎學宮大比個人戰第一名的消息時，嚇了一大跳，雖然他十分看好楚凌天，但從來沒想過，楚凌天能奪得第一。

按照方濤的想法，楚凌天能衝進前五名就不錯了，畢竟，楚凌天今年才十六歲，而且，星辰學宮的弟子實力普遍弱於曜日學宮、明月學宮弟子。

要知道，上一屆學宮大比，星辰學宮的首席大弟子才得了第八名而已。

第八章 天才評比

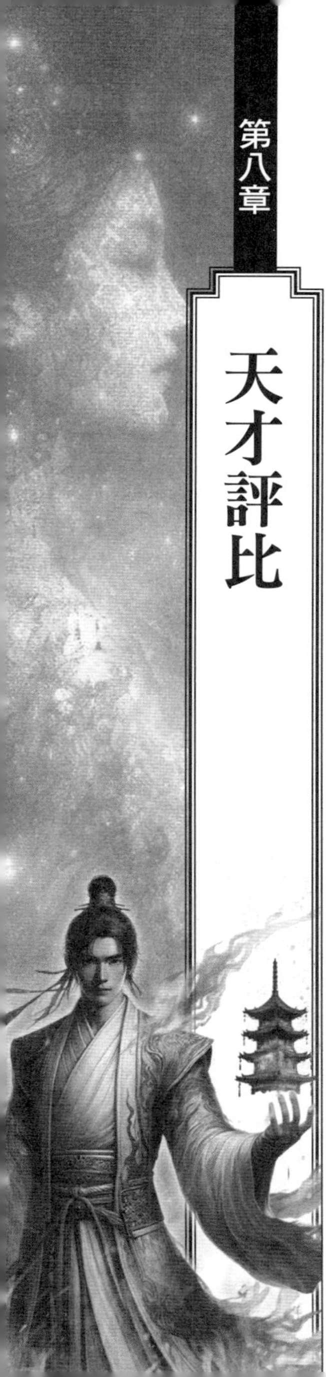

在方濤看來，下一屆學宮大比才是楚凌天的舞臺，但他做夢也沒有想到，楚凌天的實力竟然這麼強，連曜日學宮的範劍，都不是其對手。

震驚過後，方濤的臉上便露出狂喜之色，他知道，自己撿到寶了！

年僅十六歲的楚凌天，竟然能力壓一眾天才，問鼎個人戰第一，足以證明他的修煉天賦，這樣的修煉天才，別說在赤炎帝國內，就算放眼整個北域五國，都是頂級天才！未來的成就必定不凡！

楚凌天道：「方管事，現在可以告訴我，大機緣是什麼了吧？」

方濤微微一笑，並沒有立刻回答楚凌天，而是問了他一個問題，道：「楚公子對我珍寶閣瞭解多少？」

楚凌天想了想，道：「珍寶閣乃是赤炎帝國最大的商行，生意遍佈整個帝國，在各個城市都開有分閣，除了財力雄厚外，珍寶閣的實力也非同小可，據傳，珍寶閣的閣主乃是一名靈皇境強者，實力強橫。」

方濤點了點頭，微笑著說道：「楚公子說的很對，但並不全面，我珍寶閣不光是赤炎帝國最大的商行，還是風烈帝國最大的商行，在元靈帝國內，也有著一定的影響力。」

接著，方濤又說道：「我珍寶閣內，設有一名閣主、三名副閣主，閣主管理整個珍寶閣，擁有最高權威，修為達到了靈皇三重天！三名副閣主則分別負責赤炎帝國分部、風烈帝國分部、元靈帝國分部的業務，修為皆達到了靈皇一重天，除此之外，我珍寶閣內還有上百名靈王境強者坐鎮。」

楚凌天聞言，眼中不禁掠過一抹震驚，他沒有想到，珍寶閣的實力竟然如此強，生意不僅遍佈赤炎帝國，甚至還開到了周邊的風烈帝國和元靈帝國。

方濤說道：「我給楚公子所說的大機緣，乃是我珍寶閣內部進行的天才評比。」

楚凌天眉毛微微一掀，道：「天才評比？」

見楚凌天面有疑惑，於是方濤便開始介紹。

所謂天才評比，內容其實很簡單，就是珍寶閣從三大帝國中，各邀請五名年齡二十五歲以下，修為達到大靈師五重天以上的修煉天才，進行資質評比。

只要被判定為丙級天才，便可成為珍寶閣的金卡貴賓，從此以後享受九折優惠。

若能被判定為乙級天才，則可以成為珍寶閣的客卿，不僅能享受八五折優惠，在閣內還有著一定的許可權。

若能被判定為甲級天才，則可以成為珍寶閣的客卿長老，地位比分閣管事、普通長老更高，不僅能享受八折優惠，還有著極高的許可權，閣內所搜集到了珍貴的天材地寶，也會優先考慮客卿長老。

楚淩天聞言，眼睛微微一亮，先不說別的，單是八折優惠這一條，就足以讓他心動。

以他一品血脈的資質，踏入靈王境後，修煉速度必定變得更加緩慢，消耗的修煉資源也會更加龐大。

到那時，光是購買藥材種子，就是一筆極大的開銷，若能享受八折優惠，則能省下不少錢，而且客卿長老只是一個掛名的虛職，不僅地位極高，而且不受束縛，十分自由。

頂尖勢力一般會聘請強者，擔任客卿長老，以壯聲勢，以珍寶閣的實力，一般只有靈皇境強者，才有資格成為其客卿長老。

而現在，只要能在天才評比中，被判定為甲級天才，便可無視修為、實力，直接成為客卿長老，確實是一大機緣。

方濤道：「天才評比的地點，就在帝都，珍寶閣的總部，我赤炎帝國分部推薦的另外四名天才，已經在總部休息了，風烈帝國分部、元靈帝國分部推薦的天才，明日便會抵達。」

楚凌點了點頭，道：「既然如此，那我們也動身吧。」

旋即，兩人乘坐飛行妖獸，前往帝都。

楚凌天沒有想到，自己昨日才從帝都返回，今日便又去了帝都，早知道這樣，他昨日就不回星辰學宮了，省的來回折騰。

珍寶閣總部，位於帝都的北部，占地廣闊，修建的十分氣派，僅次於皇宮。

雖然珍寶閣的生意遍佈三大帝國，但其總部一直設在赤炎帝國帝都，閣主也坐鎮於此，所以，總部才會修建的如此氣派，

楚凌天來到珍寶閣總部後，被安排在一處別院休息。

楚凌天並沒有浪費時間，進入房間後，直接意念一動，進入寶塔第一層空間，開始修煉。

畢竟外界一天，在寶塔第一層空間內，則是一百天，雖然不足以提升實力，但卻能鞏固一下最近的修煉成果。

轉眼便到了第二天，在寶塔第一層空間內修煉了一百天的楚淩天，意念一動，回到外界。

不一會兒，方濤便來通知楚淩天，風烈帝國分部、元靈帝國分部推薦的天才已經到了。

楚淩天走出房間，在方濤的帶領下，來到演武場。

此時，赤炎帝國分部推薦的另外四名天才，都已到場，楚淩天掃過四人，發現竟然全都見過面。

四人中，有明月學宮的孫虎，在學宮大比個人戰中，得到了第四名，還有曜日學宮的陸卓，在學宮大比個人中，得到了第六名。

剩下的兩人，則都是曜日學宮的內門弟子，修為雖然不高，但年齡都不大，並且都覺醒了頂級五品血脈，潛力非凡，在這一屆學宮大比中都有著優異的表現。

下一屆學宮大比，這兩人必定闖進個人戰前八名。

楚淩天的目光掃過孫虎四人，並沒有感到太意外，學宮大比本就彙聚了赤炎帝國頂尖的修煉天才，珍寶閣選中的天才，若是沒有參加學宮大比，那才會讓人感到意外。

只不過，珍寶閣的天才評比，比的不是戰力，而是修煉天賦，與年齡、覺醒的血脈、修煉速度有關，所以，才會選中孫虎、陸卓等人。

而沒有選中學宮大比個人戰第二名的魏超鋒，第五名的張晉滔。

陸卓看到楚凌天到來，臉上露出挑釁之色。

「比戰力，我確實不如你，但比修煉天賦，你必輸無疑！」

楚凌天在學宮大比中，斬殺曜日學宮的天才範劍，強勢奪冠，出盡風頭，而曜日學宮，則丟盡了臉面。

陸卓作為曜日學宮真傳弟子，自然想要替學宮找回顏面，狠狠打臉楚凌天。

聽到陸卓的挑釁，楚凌天看都沒看他一眼，直接掠過他，朝著孫虎點了點頭，打了聲招呼。

楚凌天的無視，讓陸卓心中怒火中燒，若不是因為打不過楚凌天，他早就動手了。

陸卓心中咬牙切齒道：「楚凌天，等天才評比的結果出來，我定要狠狠羞辱你！讓你無地自容！」

作為曜日學宮的頂級天才，陸卓覺醒了六品血脈『風狼血脈』，資質非凡，而楚凌天被楚雲霄奪走靈炎血脈的事，曜日學宮人盡皆知，所以在陸卓看來，楚凌天絕不可能在天才評比中贏過他。

這時，一名氣勢威嚴的中年人來到演武場。

方濤向楚凌天介紹道：「楚公子，這位便是我珍寶閣的副閣主，赤炎帝國分部的負責人——歐陽辰。」

然後，方濤又向歐陽辰介紹道：「副閣主，這位便是星辰學宮首席大弟子，學宮大比個人戰的冠軍——楚凌天。」

楚凌天拱手道：「見過歐陽閣主。」

歐陽辰點了點頭，笑著說道：「早就聽過楚公子的事跡，希望今日，楚公子能替我赤炎帝國分部爭光，在天才評比中拔得頭籌。」

楚凌天道：「我定當盡力。」

就在兩人聊天時，風烈帝國分部、元靈帝國分部的人，走進演武場。

方濤向楚凌天低聲介紹道：「為首的兩人，便是我珍寶閣的另外兩名副閣主，風烈帝國分部負責人鄭岩、元靈帝國分部負責人谷松濤。」

楚凌天轉頭望去，正好遇上鄭岩掃來的目光。

「歐陽閣主，這就是你赤炎帝國分部推薦的天才？看起來不怎麼樣啊。」

鄭岩掃了楚凌天五人一眼，將目光投向歐陽辰，一臉嘲諷地說著。

「看來，這次的天才評比，又要讓我風烈帝國分部獨占鰲頭了，要我說，我珍寶閣總部就不該放在赤炎帝國，而應該放在風烈帝國，這次天才評比過後，我就向閣主建議，將總部遷至風烈帝國。」

一旁的谷松濤，也開口道：「將總部遷至元靈帝國也可以。」

珍寶閣總部不光有靈皇三重天的閣主梁天華坐鎮，還有三十名實力強橫的靈王境強者。

如此強大的陣容，不論是放在風烈帝國，還是元靈帝國，都足以讓所在分部的影響力大大增加，所以，鄭岩與谷松濤才想讓珍寶閣總部遷至自己所在的分部。

歐陽辰聞言，臉色微微一沉，珍寶閣的生意之所以能遍佈赤炎帝國、風烈帝國、元靈帝國，就是因為珍寶閣的投資眼光。

除了投資生意外，珍寶閣還會投資天才，顧名思義就是在天才還未成長起來之前，對其進行投資，待其成長為強者後，自會反哺珍寶閣。

舉行天才評比的目的，就是為了讓珍寶閣更好的進行投資。

近幾次天才評比，赤炎帝國分部推薦的天才，成績都很一般，而風烈帝國分部推薦的天才，卻次次拔得頭籌。

若這一次天才評比，風烈帝國分部推薦的天才再次壓過赤炎帝國分部推薦的天才，閣主真的有可能答應鄭岩，讓總部遷至風烈帝國。

「可惜，我赤炎帝國的頂級天才楚雲霄，被靈寶軒的人搶先一步，成為了靈寶軒的客卿長老，不然，他若是答應我赤炎帝國分部的邀請，參加天才評比，必定能拔得頭籌。」歐陽辰心中嘆氣道：「現在，只能寄希望於楚凌天了。」

雖然楚凌天被楚家用歹毒秘法，抽離了體內的靈炎血脈，但卻因此成為了天眷之人，受到上天眷顧，氣運加身，修煉速度不降反增。

加入星辰學宮不到一年的時間，修為便提升至大靈師九重天，並且還在學宮大比中，力壓曜日學宮、明月學宮的天驕，問鼎個人戰第一，幫助星辰學宮取得總積分第一。

在歐陽辰看來，身為天眷之人的楚凌天，修煉天賦很可能不弱於楚雲霄。

這也是他為什麼同意方濤的提議，推薦楚淩天代表赤炎帝國分部，參加天才評比的原因。

而且，作為珍寶閣赤炎帝國分部的負責人，歐陽辰的消息十分靈通，楚淩天在學宮大比的表現與遭遇，他全都已經掌握。

他心中猜測，楚淩天極有可能獲得了蒼炎藥皇的傳承，並再次覺醒血脈！

就在歐陽辰沉思之時，一道氣息強大的身影，踏空而來。

來人正是珍寶閣的閣主——梁天華！

歐陽辰、鄭岩、谷松濤抱拳行禮道：「見過閣主！」

楚淩天、陸卓等人躬身行禮道：「見過閣主！」

梁天華點了點頭，隨手揮出一道柔和的靈力，將眾人托起。

梁天華豪氣地說道：「感謝諸位天才，接受我珍寶閣的邀請，來參加天才評比，不論評比的結果如何，我珍寶閣都有一份厚禮送上。」

楚淩天等人感謝道：「多謝閣主！」

梁天華大手一揮，從儲物戒指中取出一面晶瑩剔透的寶鏡，懸浮在身前。

梁天華介紹道：「此鏡名為珍寶鏡，是我珍寶閣首任閣主留下的鎮閣之寶，威力無窮，不僅能用來對敵，還能用來探測寶物以及修士的天賦。」

珍寶鏡乃是頂級五品高級靈器，價值連城。

據傳，它的主人，珍寶閣首任閣主修為達到了靈宗境！威名響徹北域五國，不然，也無法創建出珍寶閣這樣的強大勢力。

珍寶閣在巔峰時，生意遍佈北域五國，乃是北域五國第一商行，但隨著時間的推移，珍寶閣的實力漸漸衰落，再加上新興商行『靈寶軒』的強勢崛起，珍寶閣的生意逐漸收縮，由遍佈北域五國退回至赤炎帝國、風烈帝國。

靈寶軒則壟斷了另外兩大帝國『白楓帝國』、『南疆帝國』的生意，至於元靈帝國內，靈寶軒則與珍寶閣共存。

雖然是共存，但靈寶軒的實力強於珍寶閣，元靈帝國內，靈寶軒占據了六成以上的市場，而珍寶閣只占據了三成市場，剩下的一成市場，則由元靈帝國的本土勢力瓜分。

若是不能扭轉這一局面，用不了幾年，珍寶閣就會被靈寶軒趕出元靈帝國，這也是谷松濤為什麼想讓珍寶閣總部，遷至元靈帝國分部的原因。

北域五國的商業市場，靈寶軒、珍寶閣各壟斷了兩個帝國的市場，然後在元靈帝國內競爭。

兩者的實力看似相差不大，但其實靈寶軒已經超越了珍寶閣。

要知道，赤炎帝國、風烈帝國在北域五國中，實力並不算強，靈皇一重天強者便能橫行兩大帝國。

但白楓帝國、南疆帝國卻是北域五國中，實力最強的兩個帝國，想要橫行白楓帝國、南疆帝國，至少得達到靈皇五重天才行。

而靈寶軒的大掌櫃，乃是一名靈皇七重天的強者，實力強橫，大掌櫃之下，靈寶軒還設有六名掌櫃，修為皆達到了靈皇境。

珍寶閣一直想要改變弱勢的局面，所以十分看重天才評比。

「天才評比的內容很簡單，各位天才只需依次上前，伸手按在珍寶鏡上，然後全力爆發修為、血脈之力、肉身之力，珍寶鏡會對各位天才進行檢測，然後發出不同顏色的光芒。」

說著，梁天華繼續介紹。

「珍寶鏡若發出赤色光芒，則是丁級天才，發出橙色光芒，是丙級天才，發出黃色光芒，是乙級天才，發出綠色光芒，是甲級天才。」

楚凌天、陸卓等人點了點頭，皆表示明白。

只見梁天華朝著珍寶鏡注入一道靈力，原本只有巴掌大的珍寶鏡，瞬間變大十數倍，化作一面巨大的鏡子，立在地面上。

梁天華將目光投向谷松濤，道：「先從元靈帝國分部開始。」

一名皮膚黝黑、身材健碩的男子，第一個邁步上前。

此人名叫陳鋼，乃是元靈帝國頂級家族陳家的嫡系子孫，資質非凡，在元靈帝國的學宮大比中，有著出色的表現。

只見陳鋼走到珍寶鏡前，抬起右手按在鏡面上，然後全力爆發。

轟！恐怖的威勢、氣血之力，宛如狂風一般，橫掃八方。

楚凌天心中評價道：「大靈師九重天中期，覺醒了頂級五品血脈，資質還算不錯。」

片刻後，珍寶鏡發出耀眼的黃色光芒。

梁天華點了點頭，道：「乙級天才，可成為我珍寶閣的客卿。」

陳鋼退下後，第二人邁步上前，不一會兒，五名元靈帝國分部推薦的天才，都已檢測完畢。

除了陳鋼之外，還有兩人勉強達到了乙級天才，剩下的兩人則是丙級天才，這讓歐陽辰心中微微一松。

元靈帝國分部的成績並不算突出，若風烈帝國分部推薦的天才，也是這樣水準，那就沒什麼好擔心的了。

但是下一刻，鄭岩身旁的一名青年邁步上前，來到珍寶鏡前，右手按在鏡面上，全力爆發。

可怕的威勢與氣血之力，化作一道凶猛的浪潮，席捲八方。

歐陽辰臉色猛地一變，驚道：「靈王一重天初期！頂級六品血脈，金虎血脈，並且肉身境界也達到了鍛體境後期！」

此人名叫齊一銘，乃是風烈帝國頂級家族齊家的少家主，同時也是風烈帝國本屆學宮大比的第一名。

片刻後，珍寶鏡微微一顫，發出奪目的綠色光芒，照亮四周。

梁天華臉上露出一抹笑容，誇讚道：「甲級天才，可成為我珍寶閣的客卿長老！」

鄭岩臉上露出得意之色，挑釁地瞥了歐陽辰一眼，似乎在說，這次天才評比的勝者，依舊是我風烈帝國分部。

接下來，第二名風烈帝國分部推薦的天才，走到珍寶鏡前，開始檢測，待五名天才全部檢測完畢，歐陽辰的臉色已經十分難看。

雖然五人中，只有齊一銘一名甲級天才，但剩下的四人中，竟然有三人都是乙級天才，只有一人是丙級天才。

這樣的成績，放眼歷屆天才評比都是拔尖的。

若赤炎帝國分部的表現太差，閣主真的有可能答應鄭岩，將珍寶閣總部遷至風烈帝國。

梁天華將目光投向歐陽辰，道：「該赤炎帝國分部了。」

歐陽辰只得壓下心中的不安，轉頭掃了一眼楚凌天五人，道：「陸卓，你先上。」

陸卓邁步上前，伸手按在珍寶鏡的鏡面上，然後全力催動修為、血脈之力、肉身之力。

大靈師九重天後期的修為、六品血脈《風狼血脈》、鍛體境後期的肉身境界，全力爆發。

片刻後，珍寶鏡發出十分耀眼的黃色光芒，雖然同是乙級天才，但陸卓的天賦明顯要比陳鋼強上許多。

梁天華有些可惜地說道：「頂級的乙級天才，差一點就能評為甲級天才。」

陸卓收起眼中的失望，轉頭望向楚淩天，心中冷笑道：「雖然沒有被評為甲級天才，但碾壓你綽綽有餘！等天才評比結束，我定要狠狠羞辱你，為我曜日學宮掙回臉面！」

歐陽辰臉色稍霽，若孫虎等人的評比結果也和陸卓一樣優秀的話，赤炎帝國分部這次必定會受到閣主的嘉獎。

但下一刻，歐陽辰的臉色便再次難看起來。

孫虎第二個走到珍寶鏡前，開始檢測，但他卻沒有被評為乙級天才，而是頂級的丙級天才。

那兩名曜日學宮的內門弟子更差，只是普通的丙級天才。

一名乙級天才、三名丙級天才，這樣的成績連元靈帝國分部都不如。

要知道，元靈帝國分部在元靈帝國內，一直被靈寶軒打壓，處於弱勢，即便這樣，元靈帝國分部還推薦來了三名乙級天才、兩名丙級天才。

而赤炎帝國分部，可是壟斷了赤炎帝國的商業市場，但推薦的天才，竟然連元靈帝國分部都不如，實在太丟臉了！

儘管梁天華沒有開口，但歐陽辰已經感受到了梁天華的不滿，同時，他還感受到了鄭岩、谷松濤眼中的嘲笑。

第九章

供奉

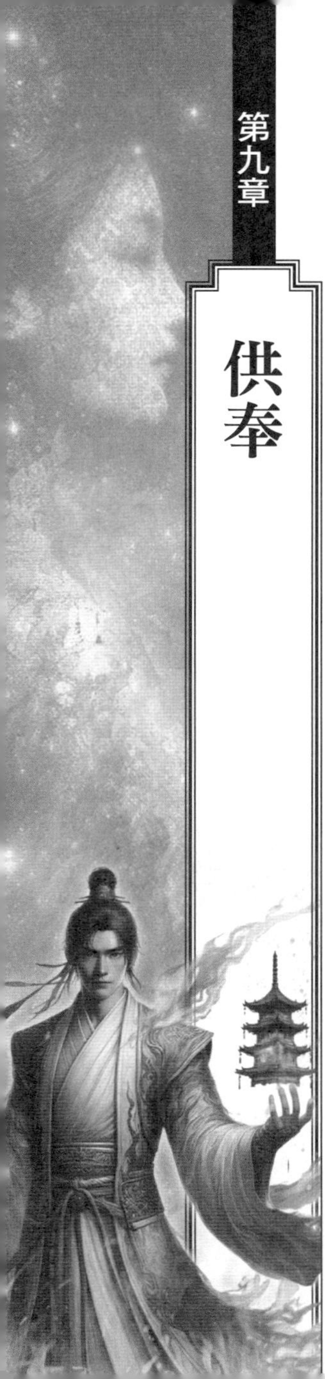

歐陽辰心中祈禱道：「楚凌天，你可一定要爭氣啊！就算評不上甲級天才，也一定要評上頂級的乙級天才啊！」

在眾人的注視下，楚凌天邁步上前，來到珍寶鏡前，伸出右手按在鏡面上，全力爆發。

轟！恐怖的威勢、肉身之力，猶如驚天海嘯一般，瞬間席捲整個演武場。

鄭岩和谷松濤臉色全都一變，尤其是鄭岩，忍不住驚呼道：「此子的修為達到了大靈師九重天後期，肉身境界更是達到了淬體境初期！」

這樣的年紀，便擁有如此強大的實力，天賦必定達到了甲級天才。

就在鄭岩擔心楚凌天會超越齊一銘時，他感受到了楚凌天爆發出的血脈之力，心中的擔憂瞬間消散。

鄭岩冷笑道：「區區一個一品血脈，也敢來參加天才評比，真是不知天高地厚。」

谷松濤附和道：「沒錯，在場的天才，哪個不是覺醒了五品以上的血脈，一個最垃圾的一品血脈，竟然也能被推薦參加天才評比，赤炎帝國分部是怎麼想的？」

歐陽辰聽到鄭岩、谷松濤的話，臉色變得難看無比。

他本以為，得到了蒼炎藥皇傳承的楚凌天，再次覺醒血脈，至少能達到四品血脈以上，但他怎麼也沒想到，楚凌天再次覺醒的血脈，竟然是一品血脈當中最普通的藍焰血脈。

「完了……只有一品血脈的楚凌天，即便實力再強，也不可能評到乙級天才，這次天才評比，我赤炎帝國分部徹底輸了……」

就在歐陽辰心生絕望之時，異變突起，珍寶鏡突然劇烈震顫，發出異常的響動。

「怎麼回事？」

所有人都露出疑惑之色，就連梁天華也不例外，天才評比舉辦了這麼多次，他們還是第一次遇到這種情況。

只有楚凌天眼底深處掠過一抹異色，他知道珍寶鏡為什麼這樣。

剛才，珍寶鏡的力量湧入他的身體，對他進行天賦檢測時。

他腦海中的混沌寶塔感受到珍寶閣的力量，微微一蕩，給他傳遞了一條資訊。

作為主人，他可以動用混沌寶塔的力量，對珍寶鏡的天賦檢測進行回應，當然，因為他現在實力低微，只能勉強動用一絲混沌寶塔的力量。

混沌寶塔乃是絕世至寶，以珍寶鏡的品階，根本不可能探查到混沌寶塔的存在。

如果楚凌天選擇不動用混沌寶塔的力量進行回應，那這次天賦檢測便到此為止。

楚凌天思考了片刻後，最終選擇催動混沌寶塔的力量。

這次天才評比對他來說十分重要，若能評到甲級天才，不僅可以成為珍寶閣的客卿長老，享受八折優惠，還能得到珍寶閣的友誼，一舉多得。

當楚凌天催動一絲混沌寶塔的力量，回應珍寶鏡的天賦檢測時，珍寶鏡突然劇烈震顫，發出異常的響動。

雖然楚凌天現在只能勉強動用一絲混沌寶塔的力量，但混沌寶塔乃是能鎮壓時空的無上至寶，它的一絲力量也不是珍寶鏡能承受得住的。

下一刻，只聽『咔嚓』一聲，珍寶鏡突然裂開，鏡面上出現一道裂紋！

梁天華臉色大變，珍寶鏡乃是首任閣主留下的鎮閣之寶，其威力甚至不弱於普通的六品低階靈器。

在珍寶鏡的加持下，他的戰力能提升數個小境界，這也是為什麼，靈寶軒擁有七名靈皇境的掌櫃，而大掌櫃的修為更是靈皇七重天，實力遠超珍寶閣，卻無法徹底壟斷北域五國的商業市場。

珍寶鏡若是出現問題，將直接影響到梁天華的戰力，屆時，珍寶閣的影響力必定會大打折扣！

梁天華連忙上前，準備檢查。

唰！就在這時，一道璀璨無比的青色光芒，從有著裂紋的珍寶鏡上爆發而出，青光將整個演武場渲染成青色，耀眼至極，所有人能被晃得閉上了眼睛。

過了片刻，青光漸漸散去，眾人才緩緩睜開眼睛。

歐陽辰瞪大雙眼，驚呼道：「青色光芒！超越甲級的天才！」

回過神兒的梁天華，臉上露出驚喜之色。

乙級天才，放在五大帝國中，便算是一流天才了，未來有很大希望突破至靈皇境。

甲級天才，放眼整個北域五國，都算得上是一流天才，未來極有可能成為靈皇境強者中的佼佼者。

而超越甲級的天才，放眼整個青玄州，都可以稱之為天才！未來有希望突破至靈宗境，成為一方大佬！

「不可能！他一個覺醒了一品血脈《藍焰血脈》的垃圾，怎麼可能會是超越甲級的天才。」鄭岩大聲質疑道：「珍寶鏡應該是檢測錯了！」

谷松濤也開口質疑，道：「珍寶鏡出現了裂紋，極有可能影響檢測的結果，我認為有必要重新檢測！」

齊一銘、陳鋼等人，雖然沒有開口，但也都對檢測結果，持懷疑態度。

梁天華聞言，收起臉上的驚喜，微微點了點頭。

此事事關重大，保險起見，他拿起珍寶鏡，仔細檢查，看是不是珍寶鏡出現了問題。

經過檢查，他發現珍寶鏡並沒有出現問題，只是鏡面上出現了一道裂紋，不影響珍寶鏡的使用。

「難道是因為楚凌天的修煉天賦太過驚人，超過了珍寶鏡的檢測上限，所以珍寶鏡才會發出異響，出現裂紋？」梁天華心中猜想道：「若真的是這樣，那我珍寶閣就賺大發了！」

梁天華越想眼睛越亮，若楚凌天的修煉天賦，真的超越了珍寶鏡的檢測上限，說明他的潛力驚世駭俗，未來不僅有希望突破至靈宗境，甚至有希望成為靈宗境強者中的佼佼者。

若真是如此，這對珍寶閣來說，將是一次天大的機緣，若能抓住這次機緣，珍寶閣必將乘風而起！超越歷史上最輝煌的時期，達到一個新的巔峰！

要知道，楚凌天作為赤炎帝國學宮大比的第一名，即將參加五國會盟。以他的修煉天賦、實力，在五國會盟中，必定會有出色的表現，加入北斗聖宗，絕對是板上釘釘的事情。

若珍寶閣能與楚凌天建立良好的友誼，待未來楚凌天真的突破至靈宗境，成為北斗聖宗的大人物時，珍寶閣必定能反超靈寶軒，重新奪回北域五國第一商行的位置。

若未來楚凌天能成為靈宗境強者中的佼佼者，珍寶閣甚至能藉助他的力量，走出北域五國，進軍南域七國，將生意拓展至整個青玄州！

就在梁天華幻想著珍寶閣的未來時，一道不和諧的聲音，將他拉回現實。

鄭岩問道：「閣主，珍寶鏡是不是出現了問題？」

梁天華瞥了鄭岩一眼，開口道：「珍寶鏡沒有任何問題，楚凌天確實是超越甲級的天才！」

鄭岩瞪大雙眼，臉上佈滿不信，道：「這怎麼可能！」

聽到梁天華的話，歐陽辰懸著的心，徹底放了下來，大笑著說道：「有什麼不可能的！楚凌天雖然只覺醒了一品血脈，但他卻是古籍中記載的天眷之人，氣運加身，修煉速度驚人無比，所以，珍寶鏡才會將他判定為超越甲級的天才！」

梁天華微微點了點頭，對歐陽辰的話表示認可。

鄭岩見此，頓時有些急道：「閣主，我提議再對楚凌天檢測一次。」

若楚凌天真的被判定為超越甲級的天才，便徹底壓過了齊一銘，並且，風烈帝國分部的成績也會被赤炎帝國分部壓一頭。

那樣的話，他遷移總部的願望，就徹底落空了。

谷松濤也提議道：「閣主，我也提議再檢測一次。」

梁天華聞言，直接拒絕道：「珍寶鏡並沒有問題，所以，它的檢測結果無須質疑！楚凌天就是超越甲級的天才！」

梁天華的拒絕理由其實很簡單，他擔心再檢測楚凌天，會讓珍寶鏡再出現一道裂紋。

一道裂紋，並不影響珍寶鏡的使用，但兩道裂紋會不會損壞珍寶鏡，他也無法保證，所以，他果斷拒絕了鄭岩、谷松濤的提議。

「我以閣主的名義宣佈，從現在起，楚凌天便是我珍寶閣的供奉！享受七五折優惠，並且地位與副閣主相同！」

梁天華沉聲開口，聲音響徹整個演武場。

為了拉攏楚凌天，梁天華下了血本，要知道，珍寶閣只有三名供奉，皆是靈皇五重天以上的強者，並且背景深厚。

而楚凌天，便是第四名供奉！

方濤躬身抱拳，滿臉興奮地喊道：「見過楚供奉！」

楚凌天是他推薦的，楚凌天的天賦越高、地位越高，他獲得的獎勵也就越大。

梁天華的目光掃過其他人，似乎在說，你們還不行禮？

齊一銘、陳鋼等人對視一眼，雖然心有不甘，但還是躬身抱拳道：「見過楚供奉！」

他們雖然是客卿長老、客卿等，不受約束，有著極大的自由度，但畢竟也算是加入了珍寶閣，該守的規矩，還是要守的，見過身分更高的供奉，自然要抱拳行禮。

楚凌天點了點頭，臉上露出滿意之色，他一開始的目標，只是客卿長老而已，沒想到，竟然直接成了供奉。

雖然在天賦檢測中，他動用了一絲混沌寶塔的力量作弊，但梁天華的這次投資，絕對穩賺不賠。

擁有混沌寶塔的楚凌天，潛力遠比超越甲級的天才更強！

只要楚凌天不隕落，別說是突破至靈宗境，就是突破至靈聖境、靈帝境，甚至是超越靈帝境，都只是時間問題。

梁天華的目光掃過所有人，宣佈道：「本次天才評比，成績最優秀的是赤炎帝國分部，歐陽辰副閣主和方濤管事，立下大功，本閣主將重重獎勵。」

歐陽辰、方濤滿臉興奮地感謝道：「多謝閣主！」

鄭岩眼中掠過一抹深深的不甘，不光是他，齊一銘、陳鋼、陸卓等人，眼中同樣有著不甘，對楚淩天的檢測結果並不服氣。

齊一銘心中暗道：「一定是珍寶鏡出了某種問題，所以才會發出綠光，讓楚淩天撿了大便宜，等到五國會盟時，我會用實力證明，我的天賦比他更強！」

陳鋼、陸卓等人，心中也有著同樣的想法。

天才評比結束後，鄭岩、谷松濤便帶著的各自分部推薦的天才，離開帝都。陸卓、孫虎等人，也相繼離開珍寶閣總部。

楚淩天則留了下來，他的修為已經達到了大靈師九重天後期，肉身境界更是達到了淬體境初期。

御元丹和烈焰煉體丹的效果，已經大大削弱，想要加快修煉速度，就得服用品階更高的丹藥了，所以，他打算購買一批四品藥材的種子。

楚淩天對歐陽辰說道：「我要購買一千顆烈焰紅果的種子、一千顆赤血靈草的種子、一千顆玄靈花的種子……」

楚淩天一共說了十種藥材，這些藥材，乃是煉製赤元靈丹、烈火淬身丹所需的藥材。

其中，赤元靈丹乃是四品低階丹藥，可以精進修為，加快修煉速度，烈火淬身丹則是四品中階丹藥，可以錘煉肉身。

歐陽辰聞言，皺了皺眉頭，提醒道：「楚供奉，這些藥材種子都來自於四品藥材，價格並不便宜，若是種植的話，成熟週期較長，你確定要購買嗎？」

楚凌天點了點頭，道：「確定！」

歐陽辰便不再多言，轉頭命令下屬去調貨。

兩個時辰後，十種藥材種子全部備齊，原價兩千萬兩銀子，也就是二十萬兩金票，價格確實不便宜。

但對於楚凌天來說，並不算什麼，如今的他，手中光金票就有一百五十萬兩，除此之外，他還有蒼炎藥皇留下的諸多寶物可以售賣。

而且，作為珍寶閣的供奉，他可以享受七五折的巨大優惠，原價二十萬兩金票的種子，他只需要付十五萬兩金票。

付了錢後，楚凌天將藥材種子收入儲物玉佩，便離開珍寶閣總部，返回星辰學宮。

回到學宮後，楚凌天徑直返回自己的宅院，然後意念一動，進入寶塔第一層空間，他將藥材種子種入田地後，便開始修煉。

五國會盟即將開始，作為赤炎帝國三大機緣之首，它關係到楚凌天未來的修煉之路。

雖然楚凌天在赤炎帝國的學宮大比中，奪得了個人戰第一名，但赤炎帝國在北域五國中，實力偏弱，赤炎帝國的天才，與白楓帝國、南疆帝國的天才相比，還是要弱上一些。

歷屆五國會盟，赤炎帝國派出的天才取得的最好成績，是第七名。

楚凌天想要在五國會盟中取得亮眼的成績，還得抓緊時間修煉，努力提升戰力才行。

而且，據他得到的消息，楚雲霄雖然因為閉關，錯過了學宮大比，但以楚雲霄的實力，想要獲得五國會盟的參賽資格易如反掌。

有傳言稱，楚雲霄出關之時，極有可能直接突破至靈王一重天中期，甚至是靈王一重天後期。

擁有七品血脈『炎蛟血脈』的楚雲霄，天資卓越、戰力非凡，沒有突破靈王境時，他便能越階而戰，擊敗靈王一重天後期強者。

突破靈王境後，楚雲霄的戰力必將暴漲，即便是靈王三重天強者，都不一定是他的對手。

楚淩天若想在五國會盟上報仇雪恨，必須儘快達到靈王境才行。

楚淩天手掌一翻，取出一個暗紅色的卷軸，正是《龍炎訣》中冊，他已將《龍炎訣》上冊修煉至圓滿之境，是時候修煉《龍炎訣》中冊了。

楚淩天打開卷軸，認真閱讀，一刻鐘後，他收起卷軸，雙手結出修煉手印，按照卷軸上的內容，開始修煉……

十個月的時間，轉瞬而逝。

《龍炎訣》中冊的品階雖然只是地階低級功法，但它卻是最頂級的地階低級功法，威力不弱於普通的地階中級功法，修煉難度極大。

楚淩天苦修了十個月，僅僅只是參悟了其一點皮毛，距離進入初入之境，還差的很遠。

畢竟，只要將《龍炎訣》中冊修煉至初入之境，他的肉身境界便能達到淬體境初期巔峰，堪比靈王九重天的強者。

所以，修煉《龍炎訣》中冊極為耗時，得用年來計算。

按照楚淩天的預計，以他的資質，想要踏入初入之境，得苦修數十年才行。

就在楚凌天準備繼續參悟《龍炎訣》中冊時，他的眉毛突然一挑，感應到《天風玄魂陣》的異動。

楚凌天意念一動，瞬間離開寶塔第一層空間，回到外界。

片刻後，周宏推門而進。

楚凌天行禮道：「師父！」

周宏坐在座椅上，上下打量了楚凌天一眼，滿意地說道：「才過去三天，你的氣息比之前又增強了一分，周川若是與你對戰，恐怕連一個回合都撐不住。」

楚凌天笑了笑，這十個月的苦修，雖然只是參悟了《龍炎訣》中冊的一點皮毛，距離進入初入之境還很遠，但他的修為和肉身境界，都略微有所精進。

周宏道：「為師來找你，是有兩件事，第一件事，五國會盟的時間定下來了，在兩個月後，舉辦地放在了風烈帝國的帝都。」

楚凌天點了點頭，外界兩個月的時間，在寶塔第一層空間內則是十六年多，足夠他修煉到靈王一重天中期，甚至是靈王一重天後期了。

就在楚凌天覺得時間比較寬裕時，周宏接下來的話，讓他臉色瞬間陰沉下來。

「第二件事，為師收到消息，楚雲霄被玉衡峰的一位大人物看中，欲將其收入玉衡峰，那位大人物不僅給楚雲霄賜下大機緣，助他突破靈王境，還給楚家賜下一座玉衡峰周邊小鎮的別院，楚家可以派遣五名子弟去小鎮別院，楚家決定派遣楚山和四名嫡系子弟，前往別院，給楚雲霄打前站。」

「北斗聖宗七大分支之一的玉衡峰？」

楚凌天沉聲詢問，如今的他，早已不是當初那個什麼都不懂的毛頭小子。

楚凌天知道青玄州的霸主，並不是十二帝國，而是北斗聖宗，也知道，北斗聖宗七大分支勢力中的玉衡峰、開陽峰、搖光峰坐鎮北域。

五國會盟不僅是北域五大帝國年輕一輩的比賽，還是北斗聖宗的選拔賽。五國會盟中表現優異者，會被玉衡峰、開陽峰、搖光峰收下，成為北斗聖宗的弟子。

楚雲霄還沒有參加五國會盟，便被玉衡峰的長老看中，並賜予大機緣，可見他的修煉天賦有多強。

周宏點頭道：「沒錯，就是那個玉衡峰。」

楚凌天聞言，臉色變得更加難看，他與楚山之間，乃是生死之仇，不死不休！

楚凌天本想等修為達到靈王五重天以後，直接殺上楚家主家，親手抹殺楚嘯鷹和楚山，報仇雪恨，但計畫趕不上變化，楚山竟然要前往玉衡峰周邊小鎮的別院。

玉衡峰作為北斗聖宗七大分支勢力之一，實力強橫無比，遠超星辰學宮，光是靈皇境強者，就有十數名！

雖然楚山去的只是玉衡峰周邊的小鎮，但那座小鎮距離玉衡峰只有十里的距離，受到玉衡峰的保護。

楚山若是真的居住在那裡，楚凌天想找他報仇就難了。

楚凌天看著周宏，問道：「楚山什麼時候動身前往小鎮？」

「十天後。」周宏一眼便看出楚凌天的心中所想，勸道：「凌天，為師懷疑這是楚家為你設下的陷阱，為的就是引你過去，將你滅殺。」

這條消息出現的太巧了，不僅點明了楚雲霄與玉衡峰長老的關係，而且還有楚山等人前往小鎮的具體時間，怎麼看都是一個陷阱。

周宏猜的不錯，這就是戰王、魯世藩、楚家聯手，給楚凌天佈下的一個陷阱。

若楚凌天一直待在星辰學宮內，即便戰王、魯世藩等人想對他動手，也找不到機會，所以，想要解決楚凌天，必須將他引出星辰學宮。

而楚山，便是引他進入陷阱的誘餌。

「師父，我知道這是陷阱，但楚山，我非殺不可！」

楚凌天眼中寒光閃爍，感受到楚凌天的殺意，周宏輕嘆一聲，他知道楚凌天與楚家之間的仇怨，也明白這樣的生死之仇只有用鮮血才能沖刷。

周宏道：「楚家為了萬無一失，很有可能會和曜日學宮聯手，以及花重金去請強者助拳，所以，你想要保證自己的安全，至少要請動四名靈皇境強者，若是想要殺掉楚山，至少需要請動五名靈皇境強者。」

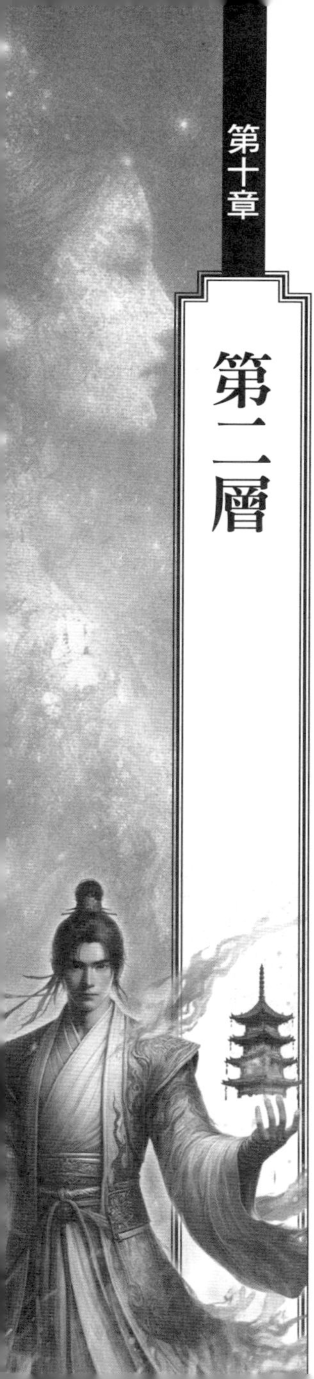

第十章

第二層

「師父，我……」

楚凌天剛準備開口，便被周宏抬手打斷。

「作為星辰學宮的首席大弟子，學宮有義務保護你，所以宮主肯定願意為你出手，另外，你與甯王關係不錯，請他來助拳，問題應該不大，剩下的兩名靈皇境強者，就交給為師了。」

楚凌天聞言，心中頓時湧出一股暖流，周宏對他實在太好了。

楚凌天開口道：「師父，剩下的兩名靈皇境強者，徒兒能自己解決。」

周宏擺了擺手，道：「我知道你現在身家頗豐，想要花重金請一兩名靈皇境強者助拳，並不難，但能少花錢，儘量還是少花錢，等你突破到靈王境後，需要消耗的修煉資源遠比同階修士多得多，再說，為師作為你的師父，這是為師應該做的，你不能推辭。」

楚凌天感動地點了點頭，道：「師父放心，徒兒不會做無把握之事，這次行動，我一定會保證自己的安全。」

周宏點了點頭，道：「既然如此，那為師便去準備了，咱們十天後見。」

周宏離去後，楚凌天坐在椅子上，閉目沉思，既然選擇出手，必定要萬無一失，這一次，他絕不會讓楚山活著離開！

片刻後，他睜開雙眼，心中已經有了一個完整的計畫。

楚凌天起身離開星辰學宮，前往帝都，直到晚上才返回星辰學宮。

楚凌天自語道：「不能全靠師父他們，我自己的實力也得跟上才行。」

外界十天的時間，在寶塔第一層空間內，則是近三年的時間，他要在這近三年的時間內，突破至靈王境！

楚凌天意念一動，進入寶塔第一層空間，開始全身心地投入到修煉當中。

近三年的時間，一晃而過。

「破！」

寶塔第一層空間內，正在修煉的楚凌天，突然發出一聲暴喝，兩道璀璨的精芒從其眼中爆射而出。

隨著楚凌天的暴喝聲落下，他的體內傳出一道道低沉的撞擊聲。

他體內的靈力、肉身之力彙聚成一條凶猛的能量浪潮，一次次向境界壁壘發起衝擊。

咔嚓！在連續衝撞了十數次後，一道細微的破碎聲突然響起，這道聲音正是衝破境界壁壘的聲音。

轟！一道赤色風暴從楚凌天體內爆發而出，席捲八方，威勢駭人！

楚凌天的修為成功從大靈師九重天後期巔峰，突破至靈王一重天初期！

突破後的楚凌天，渾身散發出凌厲的威勢，只見他站起身，右手緊握成拳，朝著虛空猛然砸出一拳。

嘭！一道刺耳的音爆聲響起，恐怖的拳勁，直接轟至十米之外。

楚凌天判斷，這一拳足有萬斤巨力，即便是與他同階的靈王一重天初期強者，都難以抵擋。

要知道，這一拳他並沒有施展任何武技，完全憑藉肉身之力。

楚凌天自語道：「如今的我，在赤炎帝國內應該算得上是高手了吧。」

近三年的苦修，除了修為的突破外，楚凌天的肉身境界也精進了許多。

雖然距離《龍炎訣》中冊的初入之境，還有一大段距離，但近三年的參悟，憑藉肉身之力，他已經可以碾壓普通的靈王二重天修士了。

除此之外，楚凌天還將地階低級武技《天火九劍》，勉強修煉至初入之境，若是爆發全力，即便是靈王三重天的修士，都不一定是他的對手。

就在楚凌天準備離開寶塔第一層空間時，異變突起。

空間突然劇烈顫抖，一道磅礡至極的威壓，從混沌寶塔內洶湧而出。

原本，靜靜漂浮在楚凌天腦海中的混沌寶塔，此時爆發出璀璨無比的光芒。

楚凌天目光瞬間變得呆滯，整個人都傻了，他的腦海中突然湧出一條資訊。

「主人修為達到靈王境，可進入寶塔第二層。」

回過神兒的楚凌天，眼眸大亮，寶塔第一層的時間流速，是外界的一百倍，寶塔第二層的時間流速，肯定會比第一層更快！

迫不及待的楚凌天，意念一動，瞬間進入寶塔第二層空間。

和第一層空間相同，第二層空間內，只有一個蒲團以及一塊巨大的田地。

楚凌天進入寶塔第二層空間的瞬間，腦海中便多出一條信息。

「三百倍！」

楚凌天忍不住發出一聲驚呼，雖然猜到寶塔第二層的時間流速，比第一層更快，但當他知道，寶塔第二層的時間流速是外界的三百倍時，還是感到震驚無比。

那可是三百倍啊！外界一天，在寶塔第二層空間內，就是三百天！外界一年，在寶塔第二層空間內，就是三百年！

最重要的是，他作為主人，壽命是不受到混沌寶塔時間流速影響的。

「本來還擔心，種植的四品藥材無法在五國會盟開始前成熟不了，現在，完全不用擔心了。」

楚凌天望著眼前的田地，嘴角勾起一抹笑意，他立刻返回寶塔第一層空間，將所有種植的藥材，移栽在寶塔第二層空間的田地裡。

等他的煉丹水準達到四品煉丹師，能夠煉製出赤元靈丹、烈火淬身丹後，他的修煉速度必將提升一大截。

再加上寶塔第二層空間三百倍時間流速的加持，他有信心在五國會盟上橫掃對手，問鼎第一！

「時間差不多了，該去解決楚山了。」

楚凌天意念一動，離開寶塔第二層空間，回到外界。

十天時間已過，今日便是楚山出發前往玉衡峰周邊小鎮的日子。

楚凌天來到周宏居住的宅院，正準備進去，突然一股磅礡如海的威勢，轟然爆發，直接將天空的雲朵轟散。

整個星辰學宮，都感受到了這股強大的威勢。

楚淩天愣了愣，隨即反應過來，臉上露出驚喜之色。

「師父突破靈皇境了！」

下一刻，一道身影沖天而起，屹立在半空中，渾身散發出可怕的氣勢，正是周宏！

正如楚淩天猜想的那樣，經過十天的閉關修煉，再加上他送給周宏的那顆破皇丹的輔助，周宏成功打破境界壁壘，突破至靈皇境一重天初期！

唰唰唰！數道破空聲響起，沈婉容和甯王、二長老陳遠興、三長老等人，來到宅院前。

甯王在半個時辰前，便來到了星辰學宮，身為親王，又是靈皇境強者，自然是由沈婉容出面接待。

兩人剛才正在品茶閒聊時，感受到周宏突破，便一同趕了過來。

沈婉容感受到周宏身上散發出的淩厲威勢，臉上露出滿意的笑容。

「周宏雖然剛剛突破，但他的根基扎實，修煉功法、武技也都威力不凡，實力不弱於普通的靈皇一重天中期強者。」

甯王聞言點了點頭，對沈婉容的話表示認可。

陳遠興大喝道：「恭賀大長老突破至靈皇境！」

雖然他和周宏不對付，但兩人同為星辰學宮十大長老之一，學宮的利益高於個人的利益。

隨著周宏突破至靈皇境，星辰學宮便擁有兩名靈皇境強者，頂尖戰力將超越明月學宮，影響力必將暴增。

再加上學宮大比上，星辰學宮奪得總積分第一，獲得了皇室獎勵的價值一千萬兩黃金的修煉資源。

用不了多久，星辰學宮就能全面超越明月學宮！

陳遠興的聲音落下，三長老、四長老等人，異口同聲地大喊，聲音宛若洪鐘一般，傳遍整個星辰學宮。

「恭賀大長老突破至靈皇境！」

下一刻，學宮所有內門長老、外門長老，帶領著所有弟子，大聲呼喊。

「恭賀大長老突破至靈皇境！」

聲音震耳欲聾，響徹天際！

者了。」

「哈哈哈！困在靈王九重天後期那麼久，終於突破了！」

周宏發出爽朗的笑聲，突破後的他，放眼整個赤炎帝國，都算得上是一流強者了。

周家的地位，也會跟著水漲船高，成為帝國頂級豪族。

周宏收起威勢，來到眾人面前，他朝沈婉容、甯王點了點頭，然後將目光投向楚凌天。

「算算時間，楚家的人這會兒應該已經出發了，我們也別耽誤了，直接出發吧，為師請來助拳的那名靈皇境強者，是風烈帝國的人，他會直接去集合點等我們。」

「好！」

楚凌天點頭，不一會兒，十道身影便從星辰學宮出發，朝著邊境飛馳而去。

除了楚凌天、周宏、沈婉容和甯王外，三長老到十長老也都跟著一起出發，學宮內，只留下二長老陳遠興坐鎮。

為了保證楚凌天的安全，星辰學宮幾乎是傾巢而出，這讓楚凌天十分感動。

就在楚凌天等人出發的同時，流雲郡郡城，一夥兒從楚府騰空而起，朝著邊境飛去。

這夥人正是楚山等人，為首的，乃是楚家主家的家主——楚嘯鷹。

楚山擔憂地問道：「家主，楚凌天真的會來嗎？」

楚嘯鷹安撫道：「放心，戰王、魯世藩長老等強者，就遠遠跟在咱們身後，只要楚凌天敢出現，必死無葬身之地！」

楚山聞言，心中的擔憂瞬間消散。

戰王可是赤炎帝國的頂尖強者，實力強橫無比，有他在，就算楚凌天把星辰學宮的宮主請來，也奈何不了他。

更何況，除了戰王之外，還有數名靈皇境強者助拳。

楚山心中冷笑道：「楚凌天，你若不敢來，那我便將居住在玉衡峰周邊的小鎮，受到玉衡峰的保護，再也不用擔心你來報仇，你若敢來，那今日就是你的死期！」

玉衡峰位於白楓帝國境內，楚山等人想要前往玉衡峰周邊小鎮，必定會經過赤炎帝國邊境的星羅山脈。

所以，周宏口中所說的集合點，便在星羅山脈內。

兩個時辰後，眾人來到集合點，只見周宏拿出一塊傳音玉符，低語了幾句，然後一把將其捏碎。

片刻後，數道破空聲響起，一名滿臉絡腮胡的大漢，帶著兩名中年男子，從遠處飛來。

周宏向楚凌天介紹道：「此人名叫趙輝，乃是為師的好友，風烈帝國第三學宮的宮主，修為達到了靈皇一重天後期，他的身邊兩人，則是第三學宮的大長老、二長老，修為分別是靈王九重天中期、靈王八重天後期。」

楚凌天抱拳道：「見過趙宮主、大長老、二長老。」

趙輝上下打量了楚凌天一眼，滿臉笑意地說道：「不愧是周老弟的徒弟，果然優秀，聽說你在珍寶閣的天才評比中，壓了齊一銘一頭，也算是替我第三學宮出了口惡氣。」

風烈帝國同樣建有三大學宮，分別是第一學宮、第二學宮、第三學宮，齊一銘便是第一學宮的首席大弟子。

作為覺醒了六品血脈『金虎血脈』的頂級天才，並且還是風烈帝國頂級家族齊家的少家主，齊一銘行事囂張跋扈，根本不把其他人放在眼裡。

在風烈帝國的學宮大比中，齊一銘不僅橫掃第二學宮、第三學宮的弟子，強勢奪得第一名，並且還狠狠羞辱了第二學宮、第三學宮的弟子。

所以，趙輝對齊一銘並沒有好感。

周宏並不知道楚凌天參加了珍寶閣的天才評比，有些意外地問道：「凌天，你在天才評比中，奪得了第一？」

楚凌天點了點頭，周宏臉上露出欣慰的笑容，道：「這麼說，現在的你已經是珍寶閣的客卿長老了？你請來助拳的那名靈皇境強者，應該就是珍寶閣赤炎帝國分部的負責人歐陽辰了吧。」

身為星辰學宮的大長老，周宏自然對珍寶閣的天才評比有所瞭解。

雖然客卿長老在珍寶閣內沒有實權，但地位卻不低，請歐陽辰來助拳，並不是一件難事。

楚凌天道：「歐陽閣主等人就在遠處策應，如果我們能應付，他們便不會出現，若我們應付不了，他們就會趕來幫忙。」

周宏聞言，點了點頭，隨著趙輝和第三學宮大長老、二長老的加入，楚凌天一方已有四名靈皇境強者、十一名靈王境強者。

除了楚凌天外，修為最差的也達到了靈王五重天。

如此強大的陣容，足以橫行赤炎帝國，更別說，遠處還有歐陽辰等一眾強者策應。

在眾人看來，此次滅殺楚山，必定手到擒來。

周宏手掌一翻，從儲物戒指中取出一個陣盤，隨著靈力的注入，陣盤上的陣旗瞬間飛舞而出，插在四周的地面上，佈置出一個隱匿氣息的陣法。

楚凌天等人便待在陣法內，靜靜等待楚山一行人的到來。

半個時辰後，修為最高的沈婉容目光一凝，開口道：「來了！」

片刻後，一夥人從遠處飛馳而來，正是楚嘯鷹、楚山等人！

周宏大手一揮，解除陣法，帶著眾人騰空而起，與楚嘯鷹一行人凌空對望。

四名靈皇境強者散發出可怕的威壓，席捲八方！

楚嘯鷹望著突然出現的眾人，不僅沒有絲毫驚慌，反而有些興奮。

「楚凌天，本家主就知道，你一定會忍不住動手！」

雖然楚凌天一方有四名靈皇境強者，但楚家一方的靈皇境強者更多！

周宏沒有理會楚嘯鷹，直接朗聲喊道：「魯世藩，你直接帶著人出來吧。」

他知道，魯世藩和眾多強者，必定遠遠跟在楚山一行人的身後。

唰唰唰！片刻後，二十多道身影破空而來。

為首之人，並不是魯世藩，而是戰王！

周宏看到戰王等人到來，臉色微微一沉，他發現自己遠遠低估了，楚家滅殺楚淩天的決心。

他本以為，楚家一方最多出動四名靈皇境強者，結果現在卻來了足足六名靈皇境強者！

除了戰王、魯世藩之外，還有曜日學宮宮主，和三名赤炎帝國之外的強者。

甯王看著戰王身後的兩名老者，低聲道：「你們是靈寶軒的五掌櫃和七掌櫃？」

作為赤炎帝國的親王，甯王曾與靈寶軒的高層打過交道，見過這兩人，所以一眼便認出了他們。

楚雲霄已經接受靈寶軒的邀請，成為了靈寶軒的客卿長老，而楚淩天是楚雲霄成長路上的最大絆腳石，靈寶軒自然不允許楚淩天影響到自家的客卿長老。

所以，戰王將情況向靈寶軒說明後，靈寶軒立馬派來了兩名掌櫃助拳。

其中，七掌櫃的修為達到了靈王一重天初期，五掌櫃的修為則達到了靈皇一重天後期。

沈婉容望著另一名靈皇境強者，也開口道出了其身分。

「長風散人，白楓帝國的一名強大散修，修為達到了靈皇一重天後期。」

楚家一方的六名靈皇境強者中，雖然有四人都是靈皇一重天，但戰王和曜日學宮宮主，卻都是靈皇三重天初期強者！

而楚凌天一方的四名強者中，只有沈婉容的修為達到了靈皇二重天初期，剩下的三人皆是靈皇一重天。

除了靈皇境強者外，戰王等人還帶來了二十多名靈王境強者，修為皆達到了靈王三重天以上，整體實力，遠超楚凌天一方。

周宏望著戰王，沉聲道：「戰王，此事是楚家內部的爭鬥，與你無關，你若是肯帶人離去，算我周宏欠你一個人情。」

戰王聞言，輕蔑一笑，道：「誰告訴你與本王無關的？楚雲霄乃是我未來的女婿，所以，楚凌天今日必死！」

周宏聽到戰王的話，臉色頓時一變，怪不得在學宮大比上，戰王會針對楚凌天，原來他早就和楚家捆綁在了一起。

「周宏，只要你們留下楚淩天，本王絕不為難你們，如若不然，今日，你們當中必有人隕落！」

戰王冷聲威脅，話語中充斥著強大的自信，周宏想都沒想，直接拒絕。

「絕不可能！」

楚淩天是他的徒弟，他絕不會將其留下送死，此戰就算真的生死危機，他也要力保楚淩天！

「沒錯！我們絕不會放棄楚淩天！」

沈婉容冷喝一聲，靈皇二重天初期的修為，全力爆發。

與此同時，周宏、甯王、趙輝三人也爆發修為，四名靈皇境強者的威勢彙聚在一起，聲勢駭人無比。

「哼！就憑你們四人，也想保住楚淩天？」

戰王嗤笑一聲，帶領身後的五名靈皇境強者，爆發出震天動地的威勢。

就在兩方即將爆發大戰之時，一道清冷的聲音，突然從遠處傳來。

「憑他們四人不行，那再加上我們二人呢？」

話音落下，兩道身影破空而來，定眼望去，來人正是珍寶閣閣主梁天華，和副閣主歐陽辰。

戰王看到兩人，臉色微微一變，作為珍寶閣的閣主，梁天華的修為比他更高，達到了靈皇三重天中期，手中還有鎮閣之寶珍寶鏡加持，戰力強橫無比，若他插手，想殺楚凌天就難了。

周宏、沈婉容等人看到梁天華，也都露出驚異之色。他們本以為，楚凌天請來的人只有歐陽辰，誰也沒想到，他竟然連梁天華都請來了。

「梁閣主，珍寶閣向來以利為先，無論他們給了珍寶閣多少好處，請你和歐陽閣主來助拳，本王都可以出雙倍！」

戰王望著梁天華，許以重利，他本以為梁天華會考慮一番，卻沒想到梁天華直接開口拒絕。

「我珍寶閣並不是為利而來，而是為了楚凌天而來！」

戰王眉頭緊緊皺起，他沒想到，珍寶閣竟然會如此看重楚凌天，既然利誘不成，那就只能威脅了。

戰王寒聲道：「梁閣主，我的未來女婿楚雲霄，已被玉衡峰的王長老，提前收入玉衡峰，將會得到重點培養，前途無限！而此子與楚雲霄有著生死大仇，珍寶閣若執意保他，定會得罪楚雲霄和王長老，你可要考慮清楚。」

周宏、沈婉容等人聞言，頓時變得緊張起來。

戰王口中的王長老，乃是玉衡峰的實權人物，不僅戰力非凡，而且手握重權，在北域五國有著極大的影響力。

若梁天華被王長老的威名嚇退，那楚凌天的境遇就糟了。

但楚凌天卻絲毫不緊張，若他只是珍寶閣的客卿長老，梁天華或許會考慮一二，但他是珍寶閣的供奉，未來潛力巨大，珍寶閣是絕不會放棄他的。

正如楚凌天預料的那樣，梁天華直接拒絕道：「別說楚雲霄現在只是被王長老所看中，還沒有真正進入玉衡峰修煉，他就算已經成為玉衡峰的四星弟子，甚至至五星弟子，也休想讓我珍寶閣放棄自家的供奉！」

國家圖書館出版品預行編目資料

混沌塔 ／ 驚蟄落月作. --初版.
--臺中市：飛燕文創事業有限公司, 2024.09-

冊；公分

ISBN 978-626-348-887-8(第1冊:平裝).--
ISBN 978-626-348-888-5(第2冊:平裝).--
ISBN 978-626-348-889-2(第3冊:平裝).--
ISBN 978-626-348-890-8(第4冊:平裝).--
ISBN 978-626-348-891-5(第5冊:平裝).--
ISBN 978-626-348-892-2(第6冊:平裝).--
ISBN 978-626-348-893-9(第7冊:平裝).--
ISBN 978-626-348-894-6(第8冊:平裝).--
ISBN 978-626-348-895-3(第9冊:平裝).--
ISBN 978-626-348-896-0(第10冊:平裝).--
ISBN 978-626-348-897-7(第11冊:平裝).--
ISBN 978-626-348-898-4(第12冊:平裝).--
ISBN 978-626-348-899-1(第13冊:平裝).--
ISBN 978-626-348-900-4(第14冊:平裝).--
ISBN 978-626-348-901-1(第15冊:平裝).--
ISBN 978-626-348-902-8(第16冊:平裝).--
ISBN 978-626-348-903-5(第17冊:平裝).--
ISBN 978-626-348-904-2(第18冊:平裝).--
ISBN 978-626-348-905-9(第19冊:平裝).--
ISBN 978-626-348-906-6(第20冊:平裝)

857.7 113011372

混沌塔 04

出版日期：2024年09月初版
建議售價：新台幣190元
ISBN 978-626-348-890-8

作　　者：驚蟄落月
發 行 人：曾國誠
文字編輯：不夜狐
美術編輯：豆子、大明
製作/出版：飛燕文創事業有限公司
公司地址：台中市南區樹義路65號
聯絡電話：04-22638366
傳真電話：04-22629041
印 刷 所：燕京印刷廠有限公司
聯絡電話：04-22617293

各區經銷商

華中書報社　電話 02-23015389
旭昇圖書有限公司　電話 02-22451480
智豐圖書股份有限公司　電話 05-2333852
威信圖書有限公司　電話 07-3730079

網路連鎖書店

金石堂網路書店 電話：02-23649989
網址：http://www.kingstone.com.tw/
博客來網路書店 電話：02-26535588
網址：http://www.books.com.tw/

若您要購買書籍將金額郵政劃撥至22815249，戶名：曾國誠，
並將您的收據寫上購買內容傳真到04-22629041

若要購買本公司出版之其他書籍，可洽本公司各區經銷商，
或洽本公司發行部：04-22638366#11，或至各小說出租店、漫畫便利屋、各大書局、金石堂網路書店、博客來網路書店訂購。
▶如有缺頁、破損，請寄回更換！

Fei-Yan 飛燕文創